U0464294

致敬马兰人！

马兰，一个神圣而又神秘的地方，

孕育着一代又一代可爱的马兰人。

他们不朽的故事从这里开始……

微信扫码，
配套音频随身听

我是马兰人

汪成农　于建华　彭继超　编著

湖南少年儿童出版社·长沙

HUNAN JUVENILE & CHILDREN'S PUBLISHING HOUSE

图书在版编目（CIP）数据

我是马兰人 / 汪成农，于建华，彭继超编著 . —长
沙 : 湖南少年儿童出版社，2022.10
ISBN 978-7-5562-6700-2

Ⅰ . ①我… Ⅱ . ①汪… ②于… ③彭… Ⅲ . ①散文集
—中国—当代 Ⅳ . ① I267

中国版本图书馆 CIP 数据核字 (2022) 第 162415 号

我是马兰人

WO SHI MALAN REN

策划编辑：范　丽　张朝伟　聂　欣	装帧设计：WONDERLAND Book design 仙遗 QQ:344581934	吴辉远
责任编辑：范　丽　何朝辉	书名题写：秦　阳	
质量总监：阳　梅	音频录制：有声广角	

出 版 人：刘星保
出版发行：湖南少年儿童出版社
社　　址：湖南省长沙市晚报大道89号　　邮　　编：410016
电　　话：0731-82196320（综合管理部）
常年法律顾问：湖南崇民律师事务所　柳成柱律师

经　　销：新华书店	印　　刷：长沙新湘诚印刷有限公司
开　　本：787 mm×1092 mm　　1/16	
印　　张：12.5	
版　　次：2022 年 10 月第 1 版	印　　次：2022 年 10 月第 1 次印刷
书　　号：ISBN 978-7-5562-6700-2	
定　　价：48.00 元	

版权所有 侵权必究
质量服务承诺:若发现缺页、错页、倒装等印装质量问题，可直接向本社调换。

目录

微信扫码，
配套音频随身听

有个地方叫马兰

▲ 马兰广场　王建新　摄

主播：宋扬

微信扫码，
配套音频随身听

"**有**一个地方名叫马兰，你要寻找她，请西出阳关。丹心照大漠，血汗写艰难，放出那银星，舞起那长剑，撑起了艳阳高照晴朗朗的天……"

▲雨后马兰 张鹏 摄

　　20世纪80年代末，随着歌曲《马兰谣》的传唱，马兰这个名字才逐渐被人们所知悉。马兰，这个曾经荒无人烟、在地图上无从查寻的地方，才开始进入人们的视野。

　　1949年10月1日，毛泽东主席在天安门城楼上庄严宣告：中华人民共和国中央人民政府成立了。

　　刚刚站立起来的新中国，面对的并非全是鲜花和掌声，还有西方帝国主义挥舞的核大棒和时常发出的核威慑。

　　面对严峻的国际形势，为了国家的独立和尊严，党和国家做出了发展"两弹一星"的战略抉择。

　　1958年，一支神秘的部队秘密开赴罗布泊。官

兵们听从祖国的召唤，远赴大漠，扎根戈壁，喝碱水、住帐篷、战风沙、斗寒暑，献了青春献终身。他们用青春和热血、智慧和汗水，在共和国的历史画卷上书写了一页辉煌灿烂的篇章，谱写了一曲深沉雄壮的历史交响乐。

　　建设者们在那片荒原规划蓝图的时候，正值马兰花盛开。蓝莹莹的马兰花沿着水沟竞相怒放，还散发着浓郁的香味，让人陶醉。这是一种在最严酷的环境中生长的植物。它们深深扎根于戈壁大漠，坚韧不拔、宁折不伏。于是，这里的生活区就有了一个美丽的名字——马兰；于是，这里的人就拥有了一个自豪的称呼——马兰人。这批特殊的创业者就像马兰花一样，以顽强的生命力扎根戈壁，为祖国的和平与安宁、为实现国防现代化而不屈不挠、拼搏奋进。

1964年10月16日15时，我国西北大漠深处的罗布泊传来一声惊雷般的巨响，中国第一颗原子弹爆炸成功。从那以后，便不断有试验成功的好消息从那里传出，让国人振奋，令世界瞩目。

一代代马兰人怀着对祖国和人民的赤诚之心，牢记嘱托、不辱使命、集智攻关、艰苦创业，逐步建成了我国唯一的核试验基地。在这里，他们成功地进行了许多次不同方式、不同型号、不同威力的试验，闯出了一条中国特色核试验技术发展道路。他们用世界上最少的试验次数和最高的成功率、最低的费效比，建起了中国精干有效的核自卫力量，为实现国防现代化、维护世界和平，立下了不朽的历史功勋。

如今，罗布泊上空的蘑菇云早已消失。生活在和平岁月中的人们已经很少有人知道那段历史，更鲜有人知道那些曾经奋斗在那里的人和他们的故事。可正是那段历史和那些奋斗在那里的人，为我们中华民族筑起了一道强大的屏障。

马兰人在创造辉煌业绩的同时，也创造了"艰苦奋斗干惊天动地事，无私奉献做隐姓埋名人"的马兰精神。这种精神，是一种奋斗的精神，一种奉献的精神，一种创新的精神，一种向上的精神，更是一种需要继承和延续、需要不断注入和创新的精神。这种精神，作为"两弹一星"精神的重要内容，载入了中国共产党的精神谱系。

创业

▲ 罗布泊

主播：吴建龙

微信扫码，
配套音频随身听

　　伟大的事业，吸引着一批又一批中华民族的优秀儿女向马兰集结。

　　半个多世纪前，数以万计的军人、优秀毕业生和科技精英陆续奔赴罗布泊，在戈壁大漠上安营扎寨。他们，从此隐姓埋名，用生命为民族注入了不屈灵魂。他们中，有抗美援朝战场上战功卓著的军人，有从全国选调的专家和技术骨干，有清华大学、北京大学、哈尔滨军事工程学院等全国重点高校的毕业生，还有从各个城市选调的有专业技术特长的工人师傅们……

他们扛起镢头和铁锹，在沙碛地上建起地窖，挖起灶台，冒着严寒和酷暑，顶着扑面的沙尘，打井开荒，建起了基地的指挥中心和生活区。

西出阳关

这地方，最可看的风景是太阳、月亮和地平线。丝绸之路被风沙吞没了，楼兰王国梦幻般地消失了，时间和空间、生命和声音似乎都停止了、凝固了。在罗布泊的建设者到来之前，人类历史已在这里中断了千年。

新的历史从那个秋天的早晨开始。

1958年8月15日清晨，在原子靶场勘察大队大队长张志善率领下，一列混合小型专列，驰过嘉峪关，缓缓开进了敦煌附近的峡东车站（今甘肃酒泉柳园站）。

这列专列是5天前从河南商丘发出的，

主播：宋文婷

微信扫码，
配套音频随身听

经过几天的长途旅行，人们虽有些疲惫，但仍被塞外的风光所吸引。一路上，他们途经八朝古都开封、丝绸之路的东方起点洛阳、曾八水绕城的西安，再过青铜器之乡宝鸡、黄河明珠兰州、敦煌艺术的故乡酒泉，出天下第一雄关——嘉峪关。

这是一个少有的好天气，晴空万里，轻风徐徐，一轮火红的朝阳从东方冉冉升起。刚过立秋节气，从戈壁滩吹来的晨风让人感觉挺凉爽的。大家走出车厢，在站台上活动着身躯，观赏着塞外风光，而心里都有些忐忑不安。

从商丘出发时，部队进行了动员，规定了保密纪律，给亲人写信只能说是到外地出差。此时即使下了火车，大家心中仍然疑惑不解。

敦煌是古代丝绸之路上的一座名城，有着悠久的历史和灿烂的文化，这里的石窟、壁画名扬中外。这座坐落在戈壁沙漠中的城不算大，古城的街道也很狭窄，但市面整齐，商品琳琅满目；街道上人来人往，熙熙攘攘。大部队住下后，常勇、张志善去各个驻地看望同志们，大家都在忙着整理床铺。

"不再走了吧？何时交代新任务啊？"同志们热切地问领导。一个冒冒失失的小伙子甚至还发问："不会是叫我们来开垦'西大荒'的吧？"

此时，他们并不知道自己就是最早叩响中国核试验城大门的人。罗布泊将听到这响亮的叩门声。6年后，整个民族、整个人类将受到以这声音为先导的中国核爆炸的强烈震动。

就在这个月底，在敦煌一座新落成的电影院里，部队领导向大家揭开了谜底：为我国的核试验场选址。刹那间，礼堂里沸腾了，千百人如梦初醒。

从此，大家不再议论什么了。祖国的需要、人民的嘱托，变成了官兵的冲天干劲。人人精神振奋，天天早出晚归，同时间赛跑。

在戈壁滩上勘察，遇到的最大困难就是"行路难"。茫茫戈壁，沟壑纵横、沙丘遍布，很多地方从来就没有路。在指挥部前方40公里的地方，横躺着一条巨大的沙梁，车辆过不去。为了翻过这条"沙龙"，勘察队沿着"沙龙"侦察了两天，终于发现了一个可以通过的缺口。于是，勘察队员欣喜地在那里插上红旗作为标志。可当第二天数十台勘察车开过来时，缺口却不见了。原来昨晚一场大风，黄沙又堵住了缺口。最后，还是调来两辆装甲车作为牵引车，才把汽车一辆一辆地拖过了沙梁。

在戈壁滩上，水就是生命。这里每年降水量只有十几毫米，上百公里内都很难找到一处水源，好不容易找到一点水，常常是先洗脸，后洗脚，再洗衣服，舍不得浪费一星半点。随着勘察工作的推进，勘察队离大本营越来越远。等到了100公里外，给勘

▲孔雀河畔运水忙

察队的水就只能两天送一次了。整个大队就两台送水车，所送的水仅能勉强解决勘察队必要的饮水问题。由于长时间不洗漱，队员们一个个都成了大花脸。离大本营400公里后，送水显然是不可能了，只能在勘察时自己找水源，有时几天也找不到水，就相互匀一匀存水，维持最低的生理需要。

戈壁滩上的生活是极其艰苦的，因为物资运输距离长，道路情况极差，车辆又少，生活给养供应不上。大家主食吃的是当地的面粉和小米，都带沙子，小米又无水淘洗，沙子更多。副食供应难上加难：新鲜蔬菜送到生活点，已成了干菜和烂菜，肉食只有很少量的咸肉供应，此外就只有榨菜和葱头。不少同志出现了流鼻血、烂嘴巴、夜盲等症状，但能用的药物又很少，基地领导好不容易才托人从兰州买了点鱼肝油丸给大家补充营养。

八九月的戈壁滩，烈日炎炎，地表温度高达五六十摄氏度。大家在野外测量、打桩、竖三脚架、钻探、刨石头、挖地坑，每天一干就是10来个小时。后勤部门的同志看到大家没有东西遮阳，便买来草帽，可戈壁滩风大，草帽没法戴。于是后勤部门的同志又特地从兰州定做了一批小白布帽。大家戴着感觉挺好，就编了首打油诗："安全帽，遮阳帽，既挡风，又挡尘，戴头上，快活人。"

这首从心底唱出的打油诗，唱出了大家的乐观和战胜一切困难的决心。

从上甘岭到罗布泊

他是新中国的第一位核司令，我国核事业的发展，离不开这位在背后默默付出的将军。"两弹元勋"程开甲曾经深情地拉着他的手说："你是我最好的朋友，也是我最坚强的后盾。"

他就是张蕴钰将军。他的一生，只做了"两件事"。然而对于国家和人民来说，这两件事都是惊天动地的大事。

70多年前，美国的一场记者招待会上，美国总统杜鲁门狂妄叫嚣："我们会把所有的武器用来对付志愿军，包括原子弹。"

为了保家卫国，时年33岁的志愿军十五军参谋长张蕴钰入朝参战。那是1952年的初冬，朝鲜的气温已经降到了零摄氏度以下。他们来到上甘岭，在这里与敌人顽强作战、巧妙周旋。

张蕴钰知道敌人实力很强，所以白天带着战士们躲进坑道里，晚上出来打夜战，用小分队偷袭敌人。这种巧妙的战法把敌人搞得焦头烂额。

主播：于建华

微信扫码，
配套音频随身听

抗美援朝战争结束后，张蕴钰奉命回国。

1958年8月初，陈赓大将把时任第三兵团参谋长的张蕴钰叫到办公室，对他说："我们国家要搞原子弹，要建原子靶场，军委决定让你去，是我推荐的，要搞好。"

张蕴钰立即回答道："行！服从命令！"

在任务面前，张蕴钰从来没说过"不"字。可是，他心里很清楚，这是一项多么重要的任务。

在此之前，张蕴钰从没有想过自己会去搞原子弹。面对这项无比光荣的使命，他感到非常荣幸。原子弹这种大规模杀伤性武器一问世，就在他心中引起了巨大的震动。他看过美国空军将原子弹投到日本广岛、长崎的资料影片，原子弹爆炸造成的死伤惨状让他刻骨铭心。他更明白掌握原子弹对实现国防现代化的重要意义。

当然，他非常清楚，这项工作对自己来说是生疏的，也是我军从未有过的。搞这么重要的试验当然要到最荒凉、最艰苦的地方去，而他当时所在的大连是个少有的好地方。但是，他认为，到什么地方去，这不是军人应该考虑的事。

那晚，张蕴钰心潮澎湃，彻夜难眠。

"处于当代的我们能为祖国的现代化效力该是多么幸福啊！将鲜红的热血涂在印版上，印出光灿的国史，有此机遇何志不酬呢！"

这些话，是张蕴钰当时心情的真实写照。后来，他也用这些话来勉励战斗在戈壁深处、为我国铸造核盾牌的科技工作者和广大官兵。

面对这光荣的使命，张蕴钰没有在北京的街头漫步，也没有在前进的路口踌躇，而是迅速办理了交接手续，安置好妻子儿女，义无反顾地踏上了阳关古道，带领着成千上万的中华民族优秀儿女，奔赴大漠戈壁，开始了伟大事业的艰苦创业。

1958年12月，张蕴钰一行20余人奔赴罗布泊。他们用了近3个月的时间对条件艰苦的罗布泊的地貌、水源、土质等情况进行了详细的考察。

环绕罗布泊这一汪苦水的是千年孤寂、千里荒原。这里没有村落、没有炊烟，只有海浪般连绵起伏的沙丘，寸草不生的砾漠，千姿百态的雅丹，沉寂清冷的古城废墟和触目惊心的白骨枯木……

广阔、荒凉，正是开创伟大事业的天然理想场地！

他忽发诗情，喃喃吟诵：

"玉关西数日，广洋戈壁滩。求地此处好，天授新桃园……"

张蕴钰他们在罗布泊的一片蛮荒中，发现的是希望、是力量，充满他们胸中的是使命感、自豪感和如泉水般奔涌的诗情。

经过勘察，他们在罗布泊西北的荒原上打下了核试验场区的

▲张蕴钰（右二）

"中心桩"，划定了10万平方公里的核试验禁区。

事实证明，张蕴钰没有辜负组织和战友对他的信任。他带领科技工作者和官兵，在戈壁滩上支起帐篷，安下心，扎下根，靠着双手建起了试验基地，为中国的"两弹一星"事业立下了不朽功勋。1964年10月16日，当他手握那把启动核爆炸的钥匙站在托举原子弹的百米铁塔上进行起爆前的最后检查时，整个世界都感受到了他的重量。

基地初建者

罗布泊，这是一片古老的国土，两千多年前的楼兰王国就建立在这块土地上。那时，楼兰正处于东西方的交通枢纽，是丝绸之路上的一座繁华的城市，水草丰茂，商旅云集。西汉、匈奴和其他一些游牧民族经常为争夺楼兰进行厮杀，战火连绵。公元4世纪后，楼兰这颗丝绸之路上的明珠就在历史舞台上销声匿迹了，留给后人的是荒芜的废墟、谜一样的传说和边塞诗人的苦吟悲唱……

古代僧侣曾从这里去西方寻找灵魂的慰藉，他们看到的是恐惧："沙河中多有恶鬼、热风，遇则皆死，无一全者。上无飞鸟，下无走兽……唯以死人枯骨为标识耳。"

近代西方探险家来这里猎奇和掠夺，他们留下的是悲号："可怕！这里不是生物所能插足的地方，而是死亡的大海，可怕的死亡之海！"

当年的大漠创业者选择在这里开拓、创业。他们把希望和心血都倾注在这片荒凉的

主播：邢珺锐

微信扫码，
配套音频随身听

戈壁中，内心充满着使命感和自豪感。

他们满怀诗意地给这片复苏的大地命名：雁翅泉、黄羊沟、开屏村、骆驼山、蜻蜓山、雀儿沟、白云沟……

没有到过罗布泊的人，也许想象不到，在这荒凉、贫瘠、风沙肆虐的戈壁大漠上，竟然还生长着一种生命力特别顽强、又异常美丽的野花，创业者给它取名"马兰花"。

在人们的想象中，谁能把这美丽的花朵同那熔铁化石的原子之火融在一起呢？

1959年5月，创业者开始在满是盐碱地的戈壁滩上规划基地生活区。不远处的天然水沟两旁长满了马兰草，当时正值马兰花盛开，看着蓝莹莹的马兰花，他们便把即将建设的生活区命名为"马兰村"。

他们希望事业像雷霆般壮烈，生活像这马兰花一样美好，他们希望楼兰大地上中断的历史得到延续和发展。

创业者们没有想到，后来的罗布泊荒原上，马兰村成了一座美丽的戈壁新城，西域楼兰果然再次焕发出了夺目光彩。

1959年，一支支战功卓著的英雄部队陆续来到罗布泊，拉开了在这荒漠戈壁中建设基地生活区的大幕。

当时，部队陆续进场，临时备用的几顶帐篷，根本不能满足人员迅速增多的需要。没有所需的材料，要在一片盐碱滩上建成生活区实属不易。戈壁滩一年到头很少下雨，偶尔有点雨也不大，大家就利用这难得的时机，扛起铁锹，深挖地；拿起镰刀，割芦苇，砍树条。顶着戈壁烈日，迎着狂风沙石，天天忙个不停。就这样，在戈壁滩建起了一个个地窖。

如果再在土坑里砌上土坯墙，或在坑顶的芦苇或野草上糊上一层泥，用树条子编织成门窗，盖成简易房，就是当时戈壁滩上高级的"别墅"了。

通过大家的努力，地窖城里很快有了宿舍、办公室、会议厅、伙房、食堂、仓库、图书馆、学校……

这就是第一代马兰人的营房。

▲ 基地初建者

1959年6月13日，基地在一个地窖中召开了重要的会议，基地的名字就在这次会议中产生。当时，也就是在这个地窖中，一窝小燕子正在破壳、出世。

张蕴钰就站在地窖门口，悄悄地嘱咐每一个前来开会的同志："脚步轻一点，嗓门低一点，别惊扰了燕子。"

在艰苦的自然条件下，创业者们和这些可爱的小生命只能就地安家。试验基地就在创业者的轻声细语中，在一窝乳燕的呢喃声里宣告诞生了。

许多年以后，这位将军一提到这窝燕子，他那双铁灰色的眼睛立刻变得柔和起来，声音竟有些颤抖："哦，那一窝小燕子……大漠上，有这些小生命，不易……"

在那最困难的时期，"以戈壁为家，以艰苦为荣"成了创业者们最响亮的口号。

除了建设地窖城，他们还迎着重重困难，在一年多的时间里，修筑了540多公里的公路、1600万立方米的水库，建起了营房、机场、自来水厂、发电厂、修配厂、气象站等配套设施。

试验基地终于在大西北、在大戈壁上站住了脚，扎下了根！

模范气象站

天气不仅与人们的工作、生活息息相关，对试验更是至关重要。为了保证试验场和下风方向人民群众的安全，同时保证拿到宝贵的数据，必须掌握准确的天气情况。

1960年11月，一个由四名气象员、四名警卫战士、两名司机组成的小分队来到了罗布泊。他们竖起风向标，架好经纬仪、百叶箱，支起一顶简易帐篷，这就建起了罗布泊第一座气象站——阳平里气象站。11月12日，罗布泊上空放飞了第一个探空气球。

曾有探险家描绘过这里：多么凄凉的荒漠，到处都孕育着死亡。待在这荒无人烟、寂静无声的地方，是谁都受不了的，是要得精神病、要发疯的！而我们的战士却不是匆匆过客，他们要在这里安家、生活、工作。

罗布泊送给他们的第一个见面礼是严寒。当时，夜里气温低至零下二三十摄氏度，战士们穿着皮大衣、毛皮鞋，戴着皮帽子睡，还是冻得睡不着。大家只得割来芦苇，铺在下面当褥子，再把棉褥盖在身

主播：安琪

微信扫码，
配套音频随身听

上取暖。

到了春天，又是刮大风的季节，有时一刮就是几天，连饭都做不成。观测员王宝昌找来一块石板，在戈壁滩上挖个洞，烙起了烧饼。

夏天，白天炽热，夜里又有大蚊子，战士们和点稀泥糊在脸上，才能安稳睡一会儿。

这里水很稀缺，所用的水都是由取水车到几十公里外的孔雀河去拉过来的。早晨几个人共用半盆水洗脸，晚上再用它洗脚，沉淀后再用它制氢气放气球。不仅如此，蔬菜供应也面临很大困难。冬天还好，大白菜和土豆可以储存，夏天要吃新鲜蔬菜就成了大问题。几百公里，来回要跑两三天，新鲜蔬菜运送过来后都成了干菜。

为了掌握观测天气的真本领，气象官兵苦练操作技术。大风天

▲工作中的气象战士

观测，风沙迷眼，于是两个人合作，一人观测，一人挡风。深夜遇上复杂天气，值班员叫醒大家，一起观测，增长见识。风速太大，为了多拿数据，他们创造了"活口绳索"和"弹簧天线"相结合的方法，照样放气球。

首次试验前，上级要求他们到安放原子弹的100多米高的铁塔上搜集气象资料。观测员刘宝才接受任务后，每天反复苦练攀登，逐日增加高度，到第7天终于爬上了塔顶。按规定，5级风以上可以不上塔，但为了取得大风中的气象资料，他不顾个人安危，照例攀登。在执行任务的85天里，刘宝才共攀登91次，其中5级风以上天气28次，还有3次是在9级以上大风中攀上塔顶的。

刘宝才在铁塔上搜集的这些气象资料，为首次试验任务的气象预报和掌握罗布泊气象规律提供了重要依据。

在这种极端艰苦的环境中，气象员们通过记笔记、分析预报成败事例、建立天气档案等办法，一步步探索罗布泊天气变化的规律。

经过几年的努力，气象站研究出了几套满足任务条件的中短期好天气过程模式和大批的预报指标。气象站也初步认识了罗布泊好天气过程演变的主要特点和场区出现综合好天气的基本规律，比较准确地掌握了试验任务顺利开展所需要的气象数据。

1964年，在第一颗原子弹爆炸前，气象站初步预报出10月15

日到20日为好天气。试验委员会报请周总理批准，将试验日期确定在10月16日。

然而天有不测风云。14日，冷空气入侵，狂风骤起，乌云满天，大家都很担心。直至15日夜间，风势还没有任何减弱的迹象。试验总指挥张爱萍将军不时询问天气情况，气象预报组的同志坚定地回答："16日天气将转好！"

其实，气象预报组的同志心中压力很大，一点也不轻松。他们连续3天3夜没合眼，警惕地观测着气象变化。16日，风果然小了；8时，太阳露出了笑脸，风消失了；15时，万里晴空，我国第一朵蘑菇云在天空升起。

阳平里气象站由于贡献突出，荣立集体一等功，被国防部授予"模范气象站"称号。

▲聂荣臻元帅为阳平里气象站题词

罗布泊的守井老兵

在罗布泊大漠深处，通往试验场区的公路边很远的地方，有一座小房子，官兵们都叫它"阿斯干"供水站。

这里是部队诸多小点号中的一处，专供部队生活、施工用水。在任务期间，成千上万的试验大军开进罗布泊，无论是生活用水，还是施工用水，都由这个供水站供应。

供水站里有一位叫薄建国的老兵，是天津蓟县人。他当兵13年，就在这里看了13年的水井。

当兵13年，薄建国只到过马兰生活区两次。

一次是新兵入伍训练结束后，全体新兵去军人服务社。第二次是几年后，他带一台电视机到所在团的机关去修理。结果，团机关搬迁到了另一个地方，薄建国不知情，就抱着电视机在营区里转悠。由于不好意思问人，薄建国走遍了整个生活区也没有找到团机关在哪

主播：尹新凯

微信扫码，
配套音频随身听

儿。后来，碰到了一位老乡，经老乡指点，他才找到了团部。

就是这次去马兰的经历，给大家留下了笑柄，此后，没什么大事，薄建国就不去马兰生活区了。媳妇从老家来队探亲，也是搭辆便车就直接到了薄建国守着的这个供水站。

每天一大早起来，薄建国就扛着铁锹，提上工具，从供水站出发，沿着水管往前走，一直走到很远的淡化站再折回来。水管埋在地下两米多深的地方，如果有哪处水管漏水，地面上就会渗出来，薄建国就得挖出水管，修好后，再埋上。连里人多的时候，会给他分两个新兵，可等到新兵变成老兵退伍了，就又只剩下薄建国一个人。

斗转星移，日月穿梭，薄建国在这个点号上送走了一批又一批的兵，自己却和水井相伴了13年。

13年里，为了完成上级交给的这项特殊任务，薄建国没有回家过一次年。

有一年快过年了，薄建国给家里写信说要回去过年。结果，到时间了却走不开，他又一次留下了。

春节过后，妻子来信说："大年夜，妈妈想你。妈妈专门给你摆上了碗、筷子，嘴里直唠叨——我儿快到家了，信上说了要回来过年……"

还有一年，大年三十，在这万家团圆、举国欢庆的日子里，薄建国实在难以忍耐心中的寂寞，就在戈壁滩上点了堆火，一个人在火堆边坐了很久很久……

突然，屋里的电话铃声响了，指导员在电话里说某分队断水了，可能是哪一处水管断裂，让他先去查查，连队派的人随后就到。

放下电话，薄建国走向了罗布泊广阔的荒原。他找到漏水的地方，费了很大的劲才用铁锹把水管挖了出来。由于水压太大，哗哗的大水直冲夜空，薄建国一个人怎么也堵不住。

这时，又不能把机器给停了，可水越流越大，怎么办？他想，漏水了，水压不够，兄弟单位的水供不上，大年初一他们就吃不上饺子了。于是，他把心一横，毫不犹豫地脱下皮大衣，拼命地往水管裂开处压去，用身子堵住喷涌而出的水。可是水压毕竟太大了，水很快又透过大衣喷涌而出。薄建国浑身上下全湿了，那一刻，他已经感觉不到冷了。当连队的战友赶到时，他早已浸泡在水坑中……

一次，领导到供水站看望他时，问他有什么心愿。他思考了一下说："能不能到转业那年，让我学点修电机的技术？今后回到家乡，可就没有水井看了。如果部队同意，我就在这儿守一辈子水井，为咱们部队把水井好好看着。"这就是守井老兵薄建国向组织提出的唯一要求。

1996年6月8日，又一次试验在罗布泊成功进行。当天，中国外交部发布了一项声明：9月份前我国还将进行一次试验，之后将暂停核试验。

从惊天动地到回归沉寂，32年辉煌和不朽都留在了戈壁滩。

从卫星图上看，罗布泊像一只巨大的耳朵，它听得见所有风吹过的声音。许多参加过第一颗原子弹试验的老同志获悉消息后，纷纷要求到现场参加暂停前的最后一次试验。这些元勋都有一个共同的心愿：给自己奋斗了几十年的事业亲手画上一个完美的句号。

那一刻，痛苦和烦恼，自豪和欢乐，人们的一切情感都紧紧地和试验联系着，和事业联系着。罗布泊，承载着他们最宝贵的精神财富、最难忘的人生记忆。

忘不了冲天而起的蘑菇云，忘不了戈壁滩上的搓板公路，忘不了试验人员的三件宝——水壶、风镜、皮棉袄，忘不了……那如火如荼的岁月，无数的马兰人永远忘不了！

主播：李文刚

微信扫码，
配套音频随身听

▲ "地球之耳" 罗布泊

可是有许多功臣，再也不能来到现场。他们带着遗憾离开了，让人为之惋惜。黄豹研究员就是其中一位。

黄豹是马兰初建时期第一批来罗布泊的大学生，他带着一腔热血，开始了在原子世界的终生耕耘。

那一年，在一片平坦的戈壁滩上，司机一边说着"到了"一边停下车，帮着拿上行李领着黄豹往前走。等到了一处地方，司机指着地下说："就这儿。"他愣住了，难道就是这光秃秃的戈壁滩？正在地窖里收拾的一位干部听到说话声，从地下走出来，热情地说："你是第一个来报到的大学生，欢迎欢迎！我是管理员，为你们服务的。"

这时，他才发现原来这就是大名鼎鼎的"地窖城"。

黄豹环视了一下，虽然很简陋，但宿舍收拾得整洁有序，洁白的床单平平整整，军用被子叠得方方正正，他一下子感到这是个优秀的集体，心里踏实了许多。

1960年7月16日，苏联撕毁协议，撤走专家。正在哈尔滨军事工程学院学习的黄豹等人被紧急调回马兰，开始着手调研、分析和设计方案的工作。

当时正逢我国连年自然灾害，人员不得不压缩整编，幸运的是，黄豹作为骨干被留了下来。

因为经济形势严峻，马兰开展了以戈壁为家的各种活动，除继续进行基础设施建设外，还广泛开展大生产和植树造林活动。

为了表达扎根戈壁的决心，黄豹和热恋中的苏州姑娘刘翠凤决定结婚。同事们把两张单人床拼在一起，两床褥子一合，买了条大红床单一铺，再在地窖门帘上贴上个大红喜字，便布置好了新房。大家各自在食堂吃过晚饭后，簇拥着一对新人办起了"地窖婚礼"。

这是创业者在罗布泊为第一对新人举行的婚礼。

大家早早赶来，送上祝福。前来参加婚礼的部队首长对新娘刘翠凤说："敢从苏州嫁边疆，真该改名叫'爱疆'。"

　　新娘刘翠凤觉得这名字好，第二天便去把名字改成了刘爱疆。他们一家在罗布泊生活了30多年。

　　从首次试验开始，黄豹在罗布泊大漠，一干就是大半辈子。儿子生下来不久，得了肝炎，住院100多天，他因任务在身，一次也没有去看过，更别说去陪伴了。

　　由于学校教学条件有限，而他的休息时间也都用在了工作上，虽期望子承父业，但自己没有时间督促和辅导孩子学习，最后儿子黄松生没有考上大学。中专一毕业，黄松生也参加到了试验队伍中来。令人欣慰的是，黄松生工作后刻苦钻研，第一年就取得了一项科研成果奖。

　　1992年，黄豹和儿子同时担负一次试验任务，这次任务中，他因患癌住进了医院。手术前，组织上安排黄松生前去探望并照顾父亲，黄豹竟毫不犹豫地对儿子说："这里不需要你，回你的

▲地窖城（局部）

试验场去。"

黄豹病重以后常常和爱人谈起往事，他总是说这一辈子没白活，该付出的付出了，该得到的也得到了。

在爱人刘爱疆心中，丈夫黄豹就是一位英雄！

在马兰，还有上百个这样的家庭。他们，不仅自己一生钟情于此，还形成了一个个"原子世家"。他们，在广袤的荒原上奋斗几十年，铸造出维护祖国和平的盾牌，同时也把他们自己铸造成震撼大漠的一代忠魂。

罗布泊的事业是集体的事业，这里的每一次成功都凝聚着千百万人的奋斗和创造。辉煌和光荣不属于哪一个人，它属于这里的每一个人，属于每一个在这块土地上埋头苦干的英雄。

大漠的眼睛

走进中国核试验历史展览馆，那一幅幅定格的照片，再现了那段雄浑而又悲壮的历史，展现了创业者们艰苦奋斗、顽强拼搏、勇攀高峰、无私奉献的精神风貌和惊天地、泣鬼神的动人业绩。

这些照片，在人们心中刻下了一座伟大的丰碑。而拍摄这一万多幅珍贵历史照片的，是摄影干事陈书元。他在罗布泊大漠奔波了30年，被人们亲切地称为"大漠的眼睛"。

从1958年8月来到大西北起，整整30年，陈书元背着一架照相机，足迹遍布罗布泊大漠，焦距和光圈就是他生活的全部。

他奔波于几万建设大军之中，走遍了每一个帐篷，每一个工号。他坚持每月办一次摄影展，反映工兵工作生活的，在工兵团展出，反映汽车兵生活的，在汽车团展出……在属于他的那个地窖里，每到夜晚，电灯总是亮了灭，灭了亮。

地窖当暗房，冲洗底片时，他让人把门

主播：孙伟

微信扫码，
配套音频随身听

反锁上，漏光的地方用棉被和衣服堵塞起来。忙好了，他再掀开小窗，用块白布伸出去晃一晃，对给他锁门的人喊一声："日本鬼子投降了！"同事便把锁打开。

一次遇上大风天气，大风整整吼了7天7夜。大漠上飞沙走石，人们用被子蒙着头，可鼻子眼里还满是土。张爱萍将军拄着棍子跑到他帐篷里找他，他正把纸箱盖在头上躲风沙。将军用棍子捣捣他的屁股说："像个狗熊干啥子，走！带上相机出去转转。"

在荒原上，他和将军被风吹着往前跑。许多帐篷被狂风掀翻了，他摸出抱在怀里的相机，将镜头对准了在狂风中搏斗的士

▲ 战风沙 陈书元 摄

兵。6月天，战士们穿着皮袄，几个人扯住帐篷角……他一生中最得意的作品诞生了。"好，就叫'战风沙'。"照片洗出来，将军把一个好名字也送来了。

1964年10月16日，陈书元和征战罗布泊6年的几万大军一样，终于盼来了这神圣的一天。一大早，他穿上防护服，背起相机来到参观场最前方的一个坚固的掩体内，小心地把镜头擦了又擦。他心中只有一个念头，一定要把中国的第一朵蘑菇云拍好。

历史和秒针同时指向"0"，一道强烈的闪光出现在孔雀河畔，一阵雷鸣般的轰响滚过茫茫戈壁，蘑菇云腾空而起……他用整个身心，用满腔沸腾的热血，把历史的长焦距对准了这一伟大的瞬间。

从那以后，每次空爆试验，他都去拍摄那辉煌的画面。数十张神采各异的"蘑菇云"，成了试验基地和新中国永远珍藏的艺术品。

一位资深的新闻记者到这里采访，当面对"蘑菇云"系列作品时，他啧啧称赞说："这可是无价之宝哇！"

扁担书店

1963年，当时的马兰广场还是一片密密麻麻半人高的芦苇和荒草，在现在的国旗座下面，有牧民遗留下的一个半人深的地窖，四处的墙壁被烟火熏得漆黑。

一天，司令员指着这个地窖，对当时仅24岁的杨应乾说："小杨，你就在这里开办书店吧。"

一顶帐篷，用一根木棍在中间一支，就算安下了家。屋子小，摆不开柜台，只能支一张床，杨应乾就捡来土坯支起木板，白天被子一卷当书柜，晚上收了书做床铺。这是马兰最原始的书店。

主播：闻声

微信扫码，
配套音频随身听

▲创业者的营地

　　由于战士们日夜奋战在工地，看电影的机会很少，文化生活单调，书是他们最好的精神食粮。当时，马兰周围都在搞建设，工地比较分散，战士们买书很不方便。杨应乾想起了四川老家的背篓，就从工地捡来木板，做了一个箱子，拴上绳子，背书到各个工地去。工地之间没有路，到处是砖头、钢筋、木头，进进出出很费劲。但能给战士们送去书，就算苦点累点他也心甘情愿。

　　可背了没几天，麻绳勒得他两肩红肿，痛得摸都不敢摸。一天下来，瘦小的他实在受不了，只得去门诊部上药。门诊部史主任看了心疼，就把这件事报告给前来看病的司令员。

　　司令员到书店看杨应乾，问他背不背得动，肩还痛不痛，并叮嘱他以后少背点，别累坏了身子。首长的安慰使杨应乾十分感动，他说："战士们在工地很累很苦，需要精神食粮。他们肩上的伤比我的还重。把书送到战士手中，他们高兴，我也高兴。"

后来，杨应乾从戈壁滩上砍来一根红柳棒，两边一刮，做成了扁担，时常挑书送到各个工地。战士们一见他就喊："老杨的'扁担书店'来喽！"一声呼喊，战士们团团围上来，多的时候一天可卖出五六百册。

从1962年开始，杨应乾开始往场区送书。一天，他随电影车到各分散点后，挑着书一个工地一个工地去送。不料一不小心，他踩到了芦苇坑，连人带书掉了进去，好半天才爬了上来，脸上、腿上都被划破了。

戈壁滩上风沙大，有时刮起来，人站不住，也看不见太阳。一次，杨应乾走到一个山包上时，一阵大风把他连人带书箱刮下了山坡。他滚了好几米远后才被一个土坑接住，幸好没摔着骨头。

1966年夏季的一天，他到一个施工工地送书。走到半路时，天空中突然来了一大片乌云，随即就刮起了大风。戈壁滩上没树没山，无处躲藏，距第二个点还有两公里多。龙卷风卷起鸡蛋大的石头劈头盖脸地砸来，他赶忙扑在地上，死死地拽住两个书箱……大风一直持续了20多分钟，等风过后，他把被刮跑的书捡回来。幸好大部分书都在，但书箱被刮坏了，他只好用绳子把书捆好，用肩扛着，像打了败仗似的返回第一个点。见到他这样子，战士们一下子围了上来，说了好多安慰的话，并写表扬稿在广播站进行了广播。

杨应乾每天在工地上跑，遇到他的首长和战友们都说老杨太辛苦了，成天一根扁担两个书箱，早出晚归。他自己倒觉得没什么，只在心里认定：自己干的就是这个工作，要尽心尽力干好。

一个人，一根扁担，一个月最多送了20000册书，书店先后搬了8次。几年时间，杨应乾跑遍了罗布泊基地的角角落落。

当年，为了"两弹一星"事业，国家秘密从大城市选调了一批有专业特长的工人和服务行业的干部职员，支援罗布泊建设。技术工人都在30岁以下，五级工以上，还经过了祖辈三代的严格政审，总计有1000多人。

他们上不告父母，下不告妻儿，慷慨西行。他们中有来自北京的铣床工王世胜、上海的电焊工张希怀、沈阳的磨工吴巨增，有来自商丘的豆腐师傅路明光、天津的酱油伙计步洪甲、兰州的幼师杨银霞……他们为这里的基础工作和生活保障提供了有力支撑。加工厂、修配厂、中小学、幼儿园、夫妻邮局、夫妻兵站、夫妻缝纫店、夫妻作坊……还有近万名随迁随调的干部家属，成立"五七"家属队搞农副业生产，办水泥预制场，为部队建设做出了重要贡献。

他们与一批批转业退伍的官兵不同，在戈壁滩一干就是几十年。他们默默无闻地付出，不计名利，直至"青丝化作西行雪"。路明光就是其中之一。

主播：文山

微信扫码，
配套音频随身听

路明光祖辈三代都以做豆腐、磨香油为生。他们家做的豆腐白而细嫩，十分好吃，闻名方圆几十里。18岁那年，他被招到商丘步兵学校做豆腐。一天上午，路明光和往常一样，正在忙着做豆腐，科长叫他去办公室。一进门，科长就对他说："有个重要的地方要调你去做豆腐。"

"什么单位，在哪儿？"他急不可耐地追问。

科长告诉他也是部队，但其他的就不要问了，问了也不知道。科长还告诉他，去那里工作很光荣，能去的人都审查过祖辈三代。

路明光为自己被选中而倍感荣幸和自豪。他内心充满着感激，愉快地答应道："我去！"

路明光一行4人赶着70多头猪，带上一盘石磨、两口大铁锅、数口大缸，登上了西去的闷罐火车。一路上火车走走停停，每到一站，4个人便挑着大木桶四处寻水。若是水源与车门不在同一方向，只好绕着火车转一大圈去挑水。走了近10天，才到了敦煌，与先期到达的勘察大队会合。

转场马兰后，一片茫茫戈壁，没有住房，只能住在地窖里，但地窖里不方便做豆腐。他寻了半天，才找到了一间牧民用过的羊圈，请战士们把羊圈打扫干净，架上顶棚，从中隔开，一间拉磨，一间烧浆做豆腐。官兵们看到饭桌上新添了那白白嫩嫩的豆

▲ 罗布泊创业者

腐，一个个都吃得津津有味，高兴地称其为"马兰豆腐"。

在戈壁滩上做豆腐，困难多得令人难以想象。没有水，挖口斜坡井；水位下降快，便边用水边挖井。水井离豆腐坊100多米远，全靠他自己挑。烧火没有煤，自己赶着毛驴车在戈壁滩上捡红柳根。一个人捡柴、挑水、烧火、磨豆浆，还要养毛驴，路明光天天忙得不可开交。

在那个物资匮乏的年代，豆腐是人们改善伙食的重要食品。一批批建设大军开进戈壁安家，官兵们又喜欢吃他做的豆腐，每天供不应求。为了解决这一问题，后勤部的领导来到豆腐坊，让他回家再找几个会做豆腐的人来一块干。他回到商丘找人，可人家一听说要去新疆，都不肯去。他急了，只好动员妻子和老爹来新疆，把一岁多的女儿丢给母亲带。

豆腐坊人手逐渐增多，路明光带的徒弟做豆腐的技术也日渐成熟，几盘石磨同时运转，高峰时三班倒，一天可做上千斤豆腐。

一个偶然的机会，路明光知道了这支部队是干什么的，那高兴劲就甭提了。当招待所和施工部队的同志从他手里接过那一包包还冒着热气的豆腐时，他觉得自己仿佛把一颗火热滚烫的心交给了他们。他认为自己在戈壁滩磨豆腐，是在做对全国人民都有益的事呢。每每想起这些，他顿觉自己变得高大起来，苦呀累呀也都不觉得了。

为了让战士们吃好，路明光还积极想办法，推出了豆腐皮、豆腐干、黄豆芽等产品。他放进一些配料做成的豆腐干，红里透黄，咸中有甜，非常好吃。

主动请缨的艺兵

祖国的西部边陲，自古以来涌现出不少英雄豪杰，引得众多文人墨客为之讴歌。人类历史中断一千多年的罗布泊，自试验基地建立后，像一块巨大的磁石，吸引着来自祖国四面八方的有志之士。

在这人潮涌动的队伍中，有一位叫沈一香的18岁女兵。

1951年，不满11岁的沈一香，以中国人民志愿军宣传队战士的身份前往朝鲜前线，参加了抗美援朝战争，成为中国抗美援朝志愿军中最小的女兵。由于年龄小，行军时经常跟不上队伍，战友们就想办法轮流让她骑

主播：陶娟

微信扫码，
配套音频随身听

▲抗美援朝志愿军跨过鸭绿江

在脖子上，以防她掉队。

初入朝鲜，她所在的团受命在平壤西面的永柔修建机场。在那里，沈一香见证了战争的残酷无情。一条公路上，一名朝鲜小男孩正赶着牛车前行，飞机上的敌人用机枪追着小男孩疯狂扫射。很快，小男孩和牛都躺在了血泊中。

虽然个子还没有步枪高，但沈一香表演节目，嘲笑起敌人原子弹和坦克带来的威胁时，可是毫不怯场。她说的相声《阿司匹林》，是战友们最爱看的一个节目。

在敌人的炮火中，沈一香慢慢长大。朝鲜战争结束后，沈一香被调到仍在朝鲜驻扎的一个文工团。这时，她给自己改了个很符合身份的名字：艺兵。后来，她又被送入朝鲜国立艺术剧院学习朝鲜舞，成为当时中国朝鲜舞跳得最好的人。

1958年回国的时候，艺兵已经是一个楚楚动人的大姑娘了，在总政文工团的舞台上大放异彩。马兰基地组建文工团，她主动请缨来到罗布泊大漠深处，成了春雷文工团的一员。

来到罗布泊，战友们扎根大漠，为国防事业献出青春甚至生命的精神，深深地感动了艺兵。

她和文工团战友走进大漠一个个点位，采访、创作、演出。她一辈子也跳不够的朝鲜舞《三千里江山》和反映"两弹一星"的舞蹈《孔雀舞》，赢得了大家的喜爱。

一次，艺兵和文工团的两名战友一起去慰问巡逻小分队。他们长途跋涉，好不容易才来到了巡逻小分队的家——一个很隐蔽的地下室。战士们看到他们后，都非常激动，如同见到亲人一般，高兴得不知说什么才好。

艺兵被这情景深深地感动了。在狭小的通道里，艺兵哼着乐曲，跳起了一个又一个独舞。战士们目不转睛地看着、笑着，高兴极了。艺兵每跳完一个，战士们就热烈鼓掌。

20世纪60年代末，春雷文工团被解散，她恋恋不舍地离开了马兰。此后，她常常回忆并怀念在马兰的那段幸福时光，为此，她还给女儿取名"戈辉"，寓意"戈壁中的光辉"。

在女儿眼中，母亲是坚强的战士，是用生命起舞的舞者。沈一香将人生中最美好的时光献给了硝烟弥漫的抗美援朝战场和黄沙莽莽的罗布泊试验场。她在战火硝烟中、在肩负国家使命中成长，她用歌声和舞姿为新中国一个又一个高光时刻唱赞歌，被人们亲切地称为"战地金达莱，戈壁马兰花"。

硝烟弥漫的抗美援朝战场和黄沙漫卷的罗布泊，是她人生中两个重要的舞台。她用轻盈的舞姿颂扬新中国最可爱的人，她用深情的舞蹈礼赞"两弹一星"功臣。

在初建时期，马兰没有事业单位，也没有企业。家属随军，就业成了问题。一家人的生活，都靠着丈夫每月几十元的工资。

于是解决家属的工作成了大家关心的问题。当时，部队鼓励各单位成立家属队。通过努力，家属队陆续开办了水泥预制场、五金厂、地毯厂、食品厂……

工人师傅周保国领受了组织家属办厂的任务。他把家属组织起来开会，说服大家从自己熟悉的农副业生产入手，逐步发展。

周保国向机关借来1000元钱，购置了镐、锹、锄头等劳动工具，买回了种子，带领大家在戈壁滩翻地种菜。戈壁滩地质坚硬，一锹下去，也就能翻几厘米深，土没多少，小石子倒是铺满了一地。没一会儿家属们手上就是一个个血泡。

为了尽快实现愿望，周保国不停地鼓励大家，并带头翻地。经过连续奋战，大家终于翻出了30亩地。看着这一镐一锹翻出来的土地，大家开心极了。

主播：王晓燕

微信扫码，
配套音频随身听

地翻好了，周保国又带领大家在地里种下了黄瓜、茄子、辣椒、西红柿等10多种蔬菜。没有存放工具和休息的地方，他和家属们不辞艰辛，盖了两间"干打垒"。

戈壁滩上水分蒸发快，菜苗三两天就要浇水。白天停电浇不成，只能晚上浇。丈夫们在几百公里外的戈壁滩辛勤工作，家属们要照看孩子，晚上没时间管地，浇水的任务就自然压在了周保国的身上。30亩地浇一遍，常常就是一个通宵。

夏天，蔬菜终于要收获了。这个季节，戈壁滩蚊子特别多，并且很凶猛，被咬一下就起一个黄豆大的疙瘩，又痛又痒。一个夏天过去，周保国掉了10多斤肉。

一分耕耘，一分收获。第一年，30亩菜地就获得了好收成。大家把辛苦种的菜卖了钱，还清了向部队借的款，家属们也拿到了第一份工资。喜获丰收后，一些原来犹豫的家属也毫不犹豫地加入进来了。于是周保国和大家想办法购买了拌面机、弹花机，走农副业结合的路子，并且取得了不错的成果。他们又添置了拖拉机、刨床等，搞起了翻砂，越办越红火。1980年，他们办的厂还向国家缴税25 000多元。

周保国既是厂长，又是一名实干家。翻砂工作又累又危险，每次他都"抬大包"。一次浇铸中，溅起的铁水把他的衣服烧了十几个窟窿，他的脚上、手上都烧起了血泡，手表也被烧坏了。但考虑到家属们干不了这个活，他硬是带伤坚持浇铸完毕。

厂里办肉铺，家属们不敢宰猪，雇人价钱又高，他干脆自己干。

20多个春秋，每年厂里都有职工随丈夫转业调离，也有家属成为厂里的新职工。周保国作为家属队的一杆旗帜，带领家属把厂子办成了家属就业的首选，为解决家属就业、让部队官兵安心投身伟大事业做出了重要贡献。

20多年来，周保国先后9次荣立三等功，6次被评为优秀共产党员，6次被评为先进工作者。在大家心目中，他是一个好厂长，是职工家属们的"领头雁"。

后来，在无数个周保国的带领和实干下，马兰又建起了编织袋厂等企业，良好的环境和就业条件，吸引了越来越多的家属自愿放弃原来的工作，来到伴侣身边，一起在罗布泊建设美丽的马兰。

地窖小学

马兰基地组建之初，一些随军家属从全国各地来到罗布泊。由于马兰当时没有学校，也没有幼儿园，不论是已上学的，还是没到入学年龄的孩子，都只能在家散养。家长个个发愁，部队领导也觉得这是关系到部队建设和子女成长的大问题，于是设立子女教育办公室，抓紧筹建幼儿园和子弟学校。

缺少师资，就动员一些老师或有文化的家属来部队办学。宣传干部朱亚南最早来马兰，由她负责组建马兰小学的具体工作。

后来，陆续又有袁莉辉、李贞琴、蒋荷君、赵如菊、付萍等老师加入到学校工作中。

那时候还没有马兰村，没有校舍，老师和战士们就在一个连队的东边，刨出一个两米多深、五六间房大的土坑。在土坑四周砌上高出地面一米多的土坯墙，架上顶，铺上芦苇把子，糊上一层泥，再用红柳条编织成门窗，隔成三间。前边一间埋上木桩子，铺上长木板当课桌和长凳，上课用；后边一间大通铺，睡觉用；中间一间是个门厅，算是

主播：刘曼

微信扫码，
配套音频随身听

活动室。教室旁边搭了个帐篷当餐厅，紧挨着帐篷又建了个土坯伙房，后面几十米处是个简易厕所。这就是当时最豪华的建筑设施——马兰地窖小学。

1961年4月的一天，地窖小学正式开学了，朱亚南任校长。当时只有27个学生，设一、二年级和五年级，一共3个班。学生少，教材更少，一年级读小学课本第一册，二年级读小学课本第二册……

学校实行寄宿制，学生周日晚上到校，周六下午回家过星期天。老师既要上课又要当保姆，下食堂给学生做饭，照顾学生的日常生活。朱亚南是校长，也是住校老师。她把一岁多的女儿交给工建队师傅代管，自己和学生住一起，管理学生的生活起居和安全。

毕业于湖南长沙师范学校的袁莉辉，是第一位在马兰地窖小学给学生上课的老师。

她和其他老师一起，在校长的带领下克服种种困难，确保了教学工作的顺利进行。刚开始的时候，师资严重短缺，袁莉辉就身兼数职，既教语文、数学，又教音乐和体育。她只有一个心愿，把书教好，把学生带好，把罗布泊创业者的下一代培养好。

一天，袁莉辉正在给学生上课，部队的摄影师悄悄进来，给她留下了一张珍贵的照片。

▲袁莉辉正在给学生上课

　　教学环境简陋，老师们便想尽办法来丰富课程内容。当时的戈壁滩，没有公园，更别说动物园了，语文老师为了帮助学生掌握写作素材，就带着学生去参观牧民的牛羊圈。运气好的时候，还能摸摸牧民手里牵着的马呢！

学校还在戈壁滩开垦菜地，晚饭后老师带学生种菜，供食堂用。冬天，去戈壁滩打柴，红柳干透了，一踩就断，捆好背回来，取暖做饭用。

学校后边有一个浸泡石灰用的水池，池里有近一米深的水。一下课，学生们就围着水池，乐此不疲地往下投木棍，比谁的木棍扎在水中的时间长。

这就是当时罗布泊孩子们的童年！

当时正值国家三年困难时期，为了节约粮食，部队也降了伙食标准。部队领导让炊事员每天用草籽给自己做顿饭，却坚持给这里的孩子每天补助两毛钱，让孩子们的饮食得到保障。开饭前，老师把黑板搬到帐篷食堂外，写上《没有共产党就没有新中国》的歌词，一句一句地教孩子们唱。孩子们一边闻着饭菜香一边学唱歌，学得认真、带劲。

地窖小学，虽然没有给学生们最好的学习知识的环境，却给了孩子们健康向上的童年。地窖小学的老师，将马兰精神深深烙在了孩子们的心灵深处，影响了他们的一生。

后来，随着罗布泊建设的发展，陆续建起了幼儿园、小学的教学楼，学校的教学环境明显改善，任教老师也多了起来。

而此时，罗布泊第一位地窖小学教师袁莉辉却患上了疾病。

在袁莉辉孩子的记忆里，母亲一头乌黑的长发，梳着两条大辫子，能歌善舞，多才多艺。由母亲组织、编导、指挥的大型舞剧《收租院》，在马兰大礼堂连演了多场，轰动了整个马兰。他回忆，母亲每次住院时间都很短，病情稍微稳定一点，她就要求出院，说是不能耽误学生。出院后的她坚持带病给学生上课，一站就是45分钟，这对一个还未痊愈的肾盂肾炎患者来说，是很危险的事。

1973年，因病情恶化，袁莉辉在北京301医院去世，年仅37岁。带着遗憾和不舍，年轻的袁莉辉永远离开了她心爱的三尺讲台。

《收租院》也已成为那个年代所有马兰学生的共同记忆。

几十年过去了，第一批地窖小学的老师和后来的教育工作者们，像袁莉辉老师一样，在三尺讲台默默付出，辛勤耕耘，为戈壁大漠的教育事业做出了突出贡献。

如今的马兰，幼儿园、小学、中学均已焕然一新。

攀 登

▲罗布泊第一塔 秦宪安 摄

主播：闻声

微信扫码，
配套音频随身听

中国核试验事业的发展，经历了一个奋斗登攀的艰难历程。

刚刚诞生的新中国，百废待兴；而西方帝国主义对我国实行严密封锁，甚至进行核威胁……

在国外封锁遏制、国内条件艰苦的情况下，广大科研工作者和官兵肩负祖国的重托，以崇高的使命感和高度的责任感，发愤图强，刻苦攻关，艰苦创业，努力登攀。他们克服吃不饱、穿不暖、远离亲人的种种煎熬，勒紧裤腰带开创了这项伟大的事业。

在那个特殊的年代，马兰人与全国许多科研机构、高等院校以及工业部门，展开了通力合作。他们攻克了一个个技术难关，制造了上万台设备，完成了一项项特种工程，建起了综合性试验场。他们以最高的成功率、最低的费效比，闯出了一条中国特色核试验的技术发展之路。

▲勇攀高峰 于建华 摄

没有理由失败

在天山南麓的褶皱里，有一座简朴的"干打垒"平房。房子旁边有一条无名的小溪，小溪周围是天山山脉中的一片无名山峦，群山外面是一望无际的戈壁滩。

20世纪60年代后，一直"隐身"于国防铁幕后的程开甲教授，就生活在这处简陋的平房里。

他喜欢数学，但那时手边却连一个最简单的计算器也没有，只能在一块小黑板上密密麻麻写下一个又一个数学公式；他喜欢听交响乐，但他当时甚至连一个砖头式录音机也没有……

爱丁堡与戈壁滩，计算机与小黑板，得奖出名与隐姓埋名，优越的生活与简单的生存，他无一例外地选择了后者，这一切让许多人都难以理解。一位记者曾问他："你如果不回来，在学术上会不会有更大的成就？"

他感慨地说："如果不回来，在学术上也可能有更大的成就，但绝不会有现在这样

主播：于新

微信扫码，
配套音频随身听

▲ 程开甲院士

幸福，因为我现在做的一切都和祖国紧紧地联系在一起。我这辈子最大的心愿就是国家强起来，国防强起来。"

正是怀着这颗赤子之心，20多年中，几乎每一次核试验他都亲临现场，殚精竭虑地为祖国精心铸造着和平的盾牌。

1962年夏，中央要求在两年内进行第一颗原子弹试验。当时，在北京应用物理与计算数学研究所任副所长的程开甲正在研究内爆球中心聚焦理论。时间紧迫，一纸调令，程开甲成了科研工作的总体负责人。

一间办公室、两张桌子和几把计算尺，程开甲和一同选调来的吕敏、陆祖荫、忻贤杰等几位专家，开始了艰难的探索。不久后，孙瑞蕃、董寿莘、王茹芝等专家和杨裕生、乔登江等技术骨干也参与了进来，还选调了一大批优秀科技人才和大中专毕业生，成立了一个研究所，组成了一支精干的技术队伍。

核试验是一项大规模、多学科交叉的科学实验，是一项非常复杂而又艰苦的科研任务。当时我国无论在理论上还是技术上都是空白，一切都得从零起步，进行艰难的探索。

作为科研总体负责人，程开甲很快理清了头绪，抓住了关键，制订了首次试验的总体方案，确定了试验所需要的学科和技术力量配置。

第一次试验，程开甲提出在百米铁塔上爆炸。为了确保试验安全可靠，同时又便于保密，大家提出用有线电缆进行控制和遥测，还在力学、光学、核测量3个领域提出了45个科研项目和近百个科研课题。

面对试验中许多不清楚的问题，程开甲自己编写冲击波、电磁波理论等教材，给科技人员讲课，阐述核爆炸的力学过程、冲击波的作用、动压和超压电磁干扰等，帮助大家尽快入门。他还和各个组一起讨论方案，每当项目遇到重要难题时他还帮助分析解决。

研究所经过反复研讨论证，逐步明确了各个项目和课题的技术指标后，便需要研制出试验需要的各种设备。为此，程开甲跑了30多个科研单位和高等院校，召开了上百次协作会议。说不清多少彻夜不眠的讨论，数不清多少风尘仆仆的奔波，记不清多少时而提心吊胆时而惊喜万分的发现和探索……

在短短的两年时间里，在全国有关科研单位和高等院校的大力协同下，研究所研制出了一千多台测试、取样、控制用的设备。这是从无到有的突破，为首次试验的成功奠定了坚实的技术基础。

第一颗原子弹爆炸前，程开甲激动地说："没有理由会失败！一定响！一定成功！"

有关资料表明，第一次核试验，法国没有拿到任何数据，美国、英国和苏联也只拿到很少一部分数据。而我国在第一次核试验时，97%的测试仪器都准确、完整地记录了数据。

周总理在一次会议的报告中特别指出：随着我国第一颗原子弹的爆炸，现在是应该扫清一切自卑感的时候了。

罗布泊爆发的声声"春雷"，凝聚了程开甲院士的心血和汗水。如今，雷霆已经远去，向往和平的人们却永远铭记着那

中国第一颗原子弹爆炸成功

个年代。

1999年，默默无闻几十年的程开甲，终于从幕后走向台前。当国家领导人亲手将一枚沉甸甸的"两弹一星"功勋奖章挂在程开甲胸前时，全场爆发出热烈的掌声，经久不息。

　　1962年，我国的原子弹研制工作进入关键阶段，试验提上重要议事日程。

　　吕敏从苏联回国后，和陆祖荫、孙瑞蕃等青年科学家，受命组成我国第一支核试验测量队伍。他们来到戈壁大漠，开始向科学高峰攀登。

　　核反应仅发生在百万分之几秒的瞬间，中心区的温度高达数亿摄氏度。作为试验中极为重要的一环，近区物理测量的任务就是要准确地测量出爆炸瞬间的各种物理参数，检验爆炸的效果，并据此判断试验成功与否，从而调整核武器的发展方向。

　　"我们过去从事基础科学研究，谁也没有见过或研究过核爆炸，没有经历过这样的任务考验，人人都感到技术复杂、日程紧迫、影响深远、肩上担子千斤重。"多年后

主播：王晓巍

微信扫码，
配套音频随身听

▲吕敏院士和夫人

吕敏回忆起来，依然心潮难平。

　　当时，正值西方国家对我国禁运和技术封锁的困难时期，我们不仅得不到一丁点与此相关的资料，而且连一台先进一点的仪器也没有。许多同志甚至连"核测试"的名称也是第一次听说。这对吕敏他们来说，无异于是一座难以征服的险峰。

核大国的封锁和阻挠，激发了科研试验人员强烈的报国之心："再难也要咬着牙干，祖国寄希望于我们！"攻克难关，为祖国争光，为中国人民争气，成了他们的铮铮誓言和行动指南。

他们不分上下班，不分白天黑夜地查资料、算数据、搞实验，认真分析，反复论证，大胆创新。经过不知多少次的琢磨、实验、修改、调试，他们终于抢在首次试验之前，把一套完整的、性能优良的测试仪器安装在了第一颗原子弹爆炸现场。

这套中国人自己研制的仪器准确地测试出我国第一颗原子弹爆炸的各项数据，并据此认定这是真真切切的核爆炸。

随着我国核技术的发展，对核物理测量的要求也越来越高。温度、辐射、时空以及各种变幻莫测的射线……每一次试验，都要在稍纵即逝的瞬间捕捉数以万计的数据。

确保在试验近区物理测量领域的当代领先水平，又一次成为吕敏他们面临的一项迫在眉睫的挑战。

一个偶然的机会，吕敏从资料中发现了一组新的英文字母。他敏锐地意识到，这可能是一种新的图像诊断技术，将实现核物理测量技术的飞跃。他立即组织人员，搜集、研究资料，向这一世界性课题进军。

就是这项从一组英文字母受到启发研制出的图像诊断技

术，在一次重大试验中获取了多幅极为重要的清晰图像，使我国国防科研试验取得了重大突破，成为我国核试验近区物理测量史上的一个重要里程碑。它标志着我国核测量技术达到了世界先进水平。

吕敏参加过20多次核试验，在近区物理测量项目上倾注了大量心血和智慧。

1983年1月，吕敏患了急性肝炎，被立即送到医院。自此，病魔缠上了他，可他并没有屈服，仍然拖着孱弱的身躯奔波在戈壁滩上。

1986年初，吕敏再次病倒，病情非常严重。由于抢救及时，他总算转危为安。躺在病床上，他仍然想着工作。病情刚好转，他就想出院。妻子劝他不要心急，他却说："我好了，就是要工作的。"他拿起笔，在病床上写下了这样的诗句："梦魂西去北山下，心神又到爆室旁。"

一次，钱三强参加全国人大常委会的一个会议，见到吕敏的父亲吕叔湘（著名语言学家），十分抱歉地对他说："我把吕敏搞到新疆去了，这么多年回不来。"吕敏得知后，专门给钱三强写信道："我不后悔这件事，尽管我50来岁就生了场大病，但总算给国家干了点事，干了点实际有用的事，能有这个机会是不容易的。"

他，9岁失去右眼，21岁秘密入党，35岁走进大漠，60岁战胜癌症，69岁当选院士，82岁再披戎装……

他，就是中国工程院院士乔登江。他的一生堪称传奇。

1963年3月，乔登江还在江苏师范学院物理系当副主任。有一天，他突然接到来自北京的一纸神秘调令。到了北京，35岁的乔登江才知道自己成了全国24位赴"死亡之海"罗布泊的专家之一。

自此，乔登江便深深扎根戈壁滩，在荒无人烟的天山南麓一干就是近30年。

主播：于建华

微信扫码，
配套音频随身听

初到罗布泊，乔登江面对的都是全新的挑战，这让他压力倍增。

尽管是学理论物理的，但乔登江对爆炸产生的各种现象知之甚少。他便从基础理论学起，探索研究规律，并将理论成果用于指导现场试验。

在荒凉的戈壁滩，乔登江先后参加过20余次重要的任务。为获得实验数据，他不顾放射性物质对生命的威胁，多次到这些区域开展研究。

试验的安全论证和保障是试验现场重要的一环。在确认安全边界、人员参观位置时，既要保证人员的绝对安全，又要使人员尽量靠近爆心，以便把宏观景象变化的全过程看得更清楚、更细致。

乔登江和负责安全工作的同志们，从浩如烟海的数据资料中耐心探索规律，归纳总结大气层爆炸诸多现象的变化过程，解决了试验安全中的关键问题。

飞机空投试验中，要解决的一个突出问题就是确保投弹飞机的安全。在大当量的氢弹试验中，由于大气温度急剧上升导致风速变化异常，往往会使冲击波增强几十倍。这就要求掌握一百公里以内空中冲击波增强的规律。乔登江带领安全组的同志，顺利攻克了这道难关。

▲乔登江院士

他还提出了地下核试验安全埋深的最小抵抗线的选择原则，制定了适合于不同介质下核试验的安全标准，保证了中国地下核试验的安全。

乔登江有一句名言：干事业是不应该讲条件的，不应带有任何个人情绪。

从我国第一次原子弹空投试验、第一次导弹核试验到第一次氢弹爆炸，乔登江都参与其中，成为我国参加核试验次数最多的科学家之一。他还创作了我国核技术领域的第一部专著，为我国的核武器研制试验及其在军事上的运用提供了理论基础，使我国在20多次大气层核试验中，取得了比其他核大国几百次试验更多、更全面的效应研究成果和核火力运用研究成果。

1988年夏，一张肾癌诊断书，让本准备延迟退休的乔登江离开了他难以割舍的马兰。治疗期间，他始终坚持做科研工作，还为华东师范大学和研究所带博士研究生。虽然离开了马兰，但他的心还在戈壁大漠；人虽然养老休息了，但他的工作始终没有画上休止符。

1997年，在离休9年后，乔登江以优异的科研成就高票当选中国工程院院士。2010年，82岁高龄的他再披戎装，再次走进了熟悉的军营，成了永远的科技之兵。向着一生追求的国防科研事业，他发起了新的冲锋。

2015年5月8日，这位传奇院士在上海病逝，走完了曲折而传奇的一生，享年87岁。

1964年4月，首次试验进入紧张的准备阶段。一支精干的7人巡逻小分队，进场担任试验场安全巡逻任务。

警卫连党支部根据上级要求，反复研究后决定抽调副连长何仕武，排长王万喜，战士王俊杰、司喜忠、丁铁汉、潘友功、王国珍共7人组成巡逻小分队，何仕武为队长，王万喜为副队长，王国珍为随队卫生员。

小分队受领任务后，个个热情高涨，表示坚决完成好任务。这次巡逻环境极其艰苦，地图上标注的是4 000多公里，没有任何交通工具，全靠徒步巡逻；不能带通信器材，衣、食、住、行全得自理。小分队出发前进行了几天擒拿格斗训练，写下了决心书并按了血指印，还留下遗书，做好了牺牲的准备。

为了保密，巡逻小分队对外称"打猎队"。

4月15日，"打猎队"凭着一张军用地图、一个指南针，每人平均负重74斤，从生

主播：王涛

微信扫码，
配套音频随身听

巡逻小分队

活点出发，呈三角战斗队形向前巡逻。

戈壁滩流传着一句俗语："早穿袄，午穿纱，围着火炉吃西瓜。"出发后两个多小时，他们没有遇到任何情况，不过天气渐渐变热，一个个热得汗流浃背。喝了点水后，他们又顶着烈日继续巡逻，丝毫不敢懈怠。

下午5点左右，他们终于到达目的地。队长何仕武、副队长王万喜和队员王俊杰负责查看周围敌情和地形，司喜忠和丁铁汉支锅拾柴做饭，潘友功和王国珍平整河滩准备宿营。没想到饭做好了，大家却一口都吃不下，原来做饭的水又苦又咸，导致饭难

▲八千里巡逻雕像

以下咽。队长只好再去周围找水，由于都是咸水，做出的饭味道可想而知，他只能要求大家把吃饭当作一项重要的任务来完成。

咸水做的饭不但难以下咽，而且吃下去比泻药还灵，不一会儿大家就都拉起了肚子。巡逻了几天，他们个个眼睛下凹、口腔溃烂，明显消瘦下来。

一天，巡逻小分队在返回的路上，发现了一行骆驼蹄印。队长一声"跟上"，大家立马警惕起来，所有的疲惫一下子都跑到九霄云外去了。大家跟踪了一段路，又发现了骆驼粪，一捏发现是两三天前的。追了五六个小时后，终于发现了一峰野骆驼。见是野骆驼，大家才一下子放松下来，累得再也走不动了。

很快，巡逻小分队完成了第一阶段的巡逻任务。他们稍作休整后，马上进入第二阶段的巡逻。这次巡逻的范围扩大到孔雀河下游两岸的苇塘和沼泽地。这里地形复杂，视野不开阔，路也不好走，除了盐碱地就是一道道的水。

有一天，他们整整蹚过了48道水。多年的芦苇，长了烂，烂了又长，都烂在这水里。黑乎乎的水，臭气熏天。不小心一脚踩下去，全身往下陷，左脚刚拔出来，右脚又陷下去了，真是寸步难行。加上戈壁滩上虫咬烈日晒，一个个满身汗水和臭泥，脸、胳膊和腿也被芦苇刺得鲜血直流。

最艰苦的是到一座古代王国的遗址去勘察，地图上标示只有

20多公里，所以每人只带了两壶水和少量干粮，准备晚上返回生活点。谁知越往前走，地形越复杂。开始是苇塘，接着是深沟断壁，再往前全是枯了的原始森林，后来是沙漠。他们花了13个小时才走到目的地，带的水也都快喝完了。大家忍着饥渴，抓紧时间实地勘察。完成任务后，一个个都走不动了。大家一商量，觉得还是要马上返回去。因为如果留在这里，再这样又渴又饿地过一夜，第二天大太阳一晒，大家走回去会更困难。

可正准备返回时，他们发现随身携带的淡水早已所剩无几。大家摇了摇行军水壶，一脸的失望。幸好，潘友功出发前身上带了醋精，他赶紧拿出来兑在仅有的一点水里，给大家润润嘴唇，提提精神。

走到半夜时分，大家慢慢发现走的不是来时的路，一看地图，才知道来时是从东北方向走到古城的，返回时却走向了西北。此时，大家不仅精疲力竭，而且7个人一共只剩下半壶水了。

在严重的死亡威胁面前，3位党员站出来给大家打气，表示就是爬也要往前爬，死也要让身体倒向前方。队长把水壶递给大家，让大家补充一点水后继续前进。

不知道苦苦支撑着走了多久，只记得太阳升起又落下了。离生活点还有数公里，可他们实在走不动了，于是决定轻装前进。

王国珍正要解下卫生箱，突然说："这里头还有3支葡萄糖呢。"

大家知道，这3支葡萄糖已是他们最后的希望。看到同志们已明显表现出严重脱水症状，队长下了最后的决心，让王国珍打开了3支葡萄糖。

大家你传给我，我传给你，然而传到最后一个人时，3支葡萄糖依然是满的。队长的眼圈红了，同志们的眼圈红了，7双友爱的手，不约而同地伸出来，紧紧握在了一起。

队长说："别再推让了，这样吧，4个团员每两人分1支，3个党员分1支。"

巡逻小分队的副队长王万喜在后来的回忆中写道："眼冒星，嘴吐烟，汗出尽，力用完，盛夏缺水两昼夜，向前一步如登天。三剂糖液七人喝，上甘岭事现眼前。"

潘友功后来回忆道："什么叫幸福啊？克服了困难，取得了胜利是幸福。不经历那样的困难，也就体会不到那样的幸福。"

3支葡萄糖，把上甘岭一个苹果的故事推到了新的高度。

巡逻小分队这次遇险的消息传到了指挥部，张爱萍将军立即去看望他们。在孔雀河畔的土丘上，张爱萍将军席地而坐，同战士们聊起了家常。他伏在一个罐头箱前即兴挥毫，为巡逻小分队写了这样一首诗：

人民战士不怕难，

巡逻戈壁保江山。

沙岭连绵逐细浪，

罗布泊洼没膝间。

饥餐野肉饮苦水，

风雹露宿促膝眠。

四千公里路艰险，

主席思想首当先。

1964年10月上旬，随着伟大时刻的临近，小分队的巡逻范围逐渐缩小到距离爆心仅有几公里的范围内。10月14日，他们来到托举原子弹的铁塔下，进行昼夜24小时巡逻。10月15日的夜晚，他们手握钢枪警戒在铁塔周围。

王万喜说："那一夜够我们记一辈子，那时候我们才真正体会到什么叫光荣和神圣。"

核爆前两小时，作为最后一批撤离人员，巡逻小分队随司令员一起撤离爆心，胜利完成了任务。

八千里路云和月。历时半年，7名战士在罗布泊最荒凉的地带徒步巡逻，每人平均磨损7双解放鞋，走了4 000多公里路，这个距离相当于从中国东海沿岸走到了帕米尔高原。

1964年10月16日15时，随着蘑菇云的升起，我国第一颗原子弹爆炸成功。人群沸腾了，人们欢呼着，相互握手，许多人高兴得跳了起来。

而辐射侦察第一梯队5个车组的25名防化战士却来不及欢呼和庆贺，他们从各自的待机地出发，迎着滚滚烟云冲进了爆区。

几个月的苦练，为的就是这一刻的到来！

这支英雄队伍是1964年5月从北京来到罗布泊的。

为了在被称作"生命禁区"的核沾染地带踏出一条生命之路，他们不知流了多少汗水。

六七月份的戈壁滩，气温很高、干燥难耐。一开始，全连的干部和战士都适应不了这种特殊气候。一个半月的适应性训练下来，不少同志感到头晕目眩，常有战士昏倒在地。在这里，嘴唇干裂出血是普遍现象。因为气候干燥，还有很多同志流鼻血，有的人打个喷嚏就引得血流不止。同时，因水土

主播：张洋洋

微信扫码，
配套音频随身听

不服拉肚子也是常有的事。最令人讨厌的是那些又瘦又长的花蚊子，一到晚上它们就成群结队，像轰炸机一样来咬人吸血，赶也赶不走，咬得人人全身都是疙瘩。

戈壁滩上这种特殊环境，对初到戈壁滩的全连官兵来说，无疑是一个严峻的考验。

在戈壁滩上，最热的时候是13点到14点。8月份，是戈壁滩上全年气温最高的一个月，阳光直射如喷火，气温常在42摄氏度上下，地表温度则高达60多摄氏度。走在沙砾上，胶鞋都被烫得变形，同志们常常被热浪呛得喘不过气来。帐篷里面像蒸笼一样，气温常在45摄氏度以上，连凳子、被褥都烫手，中午根本没法睡觉休息，晚上却又冷得要盖棉被。

根据戈壁滩的特殊环境，上级决定在执行任务期间，凡是接触沾染物的，一律穿戴防护服。连队为了从难从严训练，无论是

▲ 为首次原子弹试验成功欢呼

乘车训练还是越野训练，都坚持穿戴防护服。

　　为了完成光荣而艰巨的任务，大家咬紧牙关苦练。吴康生等战士昏倒了也不下车，爬起来继续练。战士石吉珊、杜广贤等人热得直呕吐，吐光了食物吐黄水，呕吐时他们也不能摘防护面具，以至吐在防护面具里的脏物都呛进了嗓子里。

　　"为了试验，再苦再累心也甘。"这是大家当时的口头禅。到8月底，连续几个月的严格训练全部结束，全连干部战士的军政素质得到了提高。

　　随着核爆炸任务的临近，大家希望到一线的心情愈来愈迫切。当时，确定第一梯队即首批进场人员名单，成了全连最突出、最难办的事。就像战争年代成立突击队那样，人人争先，个个踊跃，谁也不甘落后。

　　日子渐近了，试验前一天，一连在驻地前进庄召开了任务前的动员大会。挑战书、应战书贴满了饭堂，不少同志跑上台抢着发言。"闪光就是命令，烟云就是方向。"这是战士李万录用鲜血写成的决心书上的话。

原子弹爆炸后，他们连先后出车42组次。排长李秉太在完成跟随炮伞分队进行剂量监测的任务后，只啃了几口馒头，又同取样分队冲进爆区。他回忆说："地面放射性沾染面积大，核辐射强度高，路线远。执行任务中，我们要横穿云迹区，通过'热线'(云迹区的中心线，这里核辐射强度和温度都很高)。那一刻，我们想的并不是个人安危，而是祖国和人民的需要，大家决心用个人的'失'去换取党和人民的'得'，不管遇到什么情况都一定要完成任务。"

第一梯队5个组进入作业区后，立即忙而不乱、紧张而有秩序地投入到了工作中。大家小心翼翼地从支架上取下样品盘，又用双手一个一个地把它们包起来装进样品箱。样品盘里积存的全是核爆炸碎片和从蘑菇云中降下来的带放射性的沉降物。大家都明白，每个样品盘都是一个强放射源，这里虽然听不见枪炮声，但仍然是一个特殊的战场，同样存在着生与死的考验。当时他们心里想的只有多回收几个样品盘。上级交给他们的任务是回收6至10个样品盘，结果他们回收了40个……

第二天，他们第3次进场执行任务。当车组艰难地行驶到离

▲ 光荣的防化兵

爆心约2800米的地方时，发现已到沾染边界。他们随即停车，穿戴好防护服，做好记录和地面标志后继续前往爆心侦察。

在爆心，他们发现原来高100多米的铁塔，只剩下了下端不到原来的1/3的一部分了。这部分铁塔就像面条似的弯弯曲曲地躺在地上。在爆心周围半径约100米的范围内，地面上的沙石像被熔化了似的，蓬松绵软，在阳光的照射下，闪闪发亮……

这个连队自组建以来，一直担负并圆满完成了试验安全防护保障任务。连队荣立集体一等功8次，二等功5次，被授予"核辐射侦察先锋连"荣誉称号，并被评为全军先进党支部。

『核大姐』

在那个特殊的年代，一批又一批立志献身国防科技事业的女科技人员，撑起了罗布泊的半边天。她们中的每一位，都为这伟大事业奉献了青春和智慧，她们有一个亲切的称呼——"核大姐"。

1964年5月，30多名女科技工作者乘坐大卡车来到了试验场。她们在营区的东北角拉起5顶帐篷，围成一个院子，算是安了家。

男同志们七嘴八舌，想为她们的营区起个名字，有的说叫"楼兰女村"，有的说叫"女儿院"，有的甚至开玩笑说叫"姑子庵"。姑娘们直摇头："不好！不好！"张爱萍将军笑着说："当年，花木兰出塞替父从军，立下战功；如今，你们出塞，奋战戈壁。我看就叫木兰村吧。"姑娘们一听齐声说："好！就叫木兰村。"

由于罗布泊夏天气温高、天气异常干燥，初来乍到的姑娘们个个鼻子流血还吃不下饭。为了心中的信念，她们把吃饭当成任

主播：田巍

微信扫码，
配套音频随身听

▲ "核大姐"

务坚决完成。吃饭的问题算是解决了，喝水的问题又来了，因为喝的水又苦又咸，一时间人人拉肚子。

1964年的建军节，试验场区放假，领导决定派车送大家到孔雀河去洗澡。她们一听，甭提多高兴了。进场三四个月来，别说洗澡，就连头发也没能痛痛快快地洗上一次。谁知，她们在河里洗得正高兴时，突然有人喊道："哎呀，我的头发怎么粘到一块啦？""我的头发也粘上了。""我的也是！"不知是肥皂和水中的什么物质发生了化学反应，白色的肥皂沫把她们的头发粘在一起，她们一个个都变成了"白毛女"。大家你看着我，我看着你，捧着头发不知怎么办。不知是谁先扑哧笑了一声，引得姑娘们忍不住都哈哈大笑起来。

安排任务的时候，姑娘们被分到各个组，干着和男同志一样的活。当时经常会临时加班，碰到这种情况，组里的男同志就说："夜里我们不好进你们的大闺房，你们就好好睡觉吧！"有个叫周玉芳的小姑娘一听这话，说啥也不干。她还想出了一个好办法，在枕头角上拴一根绳子，再把绳子拉出去。有任务的时候组长在外面把绳子一拽，她立马就醒了。就这样，哪次加班她都没落下。

姑娘们唯一得到的照顾就是每天比男同志多半盆水。这半盆水早上用来洗脸，中午洗手，晚上洗脚，澄清了还要用来洗衣服。

别看工作紧张、生活艰苦，姑娘们的劲头可不小。她们用捆箱子的草绳结成球网打排球，女子排球赛至今仍是研究所保留的体育比赛项目；节假日单位举办歌咏比赛和文艺晚会，她们更是大显身手，什么活报剧、二人转、洗衣舞……剧种剧目之多，让人目不暇接，小伙子们看后赞叹不已。

白菊珍大姐，大学毕业后就来到了研究所。1970年，她17岁的小妹妹去世，当时她正在任务一线，只能默默地站在戈壁滩上和妹妹告别；1980年，母亲病故，她又在任务一线，依然没能回去见母亲最后一面；1984年，父亲病重住院，她又因科研任务推迟了探亲日期。她万万没想到，这一次，父亲竟与世长辞。接到父亲去世的消息，她悲痛万分。可面对繁重的科研任务，她选择了继续坚守。但未能送父亲最后一程，成了她心中永远的痛。

最折磨"核大姐"的，是婚姻大事。因为工作太忙，通信也不方便，再加上保密要求，她们很少与外面的人接触。一对对原本热恋中的情侣，由于天各一方，感情得不到及时交流，恋爱受到重重考验。坚贞不渝者，终成眷属；有一些则在饱经多年持久战、拉锯战折磨后，选择了分手。有的"核大姐"一头扎进事业里，大好年华献给了戈壁大漠，青春一去不复返，婚姻被耽搁了下来。她们有的退休后才成家，有的终身未嫁。

在罗布泊，"核大姐"们有成功、有欢乐，也有曲折和酸楚。但只要一说起当年在"木兰村"度过的日日夜夜，她们眼中无不闪出兴奋的光芒。她们怀念住过的帐篷、待过的工号，怀念可贵的战友情谊，甚至连当年喝过的苦水都想再喝一口。在她们心中，最崇高的是这个伟大的事业，是建设国家的神圣使命。正是她们把自己的爱融进了戈壁大漠，洒在了罗布泊，才铸就了崇高而伟大的马兰精神。

戈壁滩上『花木兰』

1962年夏，组织上从全国选调专家和技术骨干进入罗布泊，并开始从全国重点高校中征集优秀毕业生。消息一出，一大批大学生主动报名，积极加入到队伍中来。翟芳芝就是其中之一。

20世纪60年代初，翟芳芝在第一机械工业部哈尔滨电业学校读书。她从小就有当兵的愿望，长大后她多次报名参军，可一直不能如愿。一天，眼看又有一批男同学去当兵了，她坐在教室里伤心起来。女生为何不能去啊？她想到母亲生下他们11个兄弟姐妹，却因穷困只养活了5个。直到她3岁那年解放军来了，一家人才过上了幸福的日子。那时她虽然还不懂事，但就此有了长大后也要当解放军的想法。

她问自己，这个志向莫非白定了？不，

主播：张含华

微信扫码，
配套音频随身听

她不甘！她斗胆提笔给陈毅元帅写了一封信，直问陈老总：为什么女孩当兵这么难？当然，她更多的是向陈老总表达了自己想当一名解放军战士的迫切愿望。

信寄出去后到临近毕业的那段时间，她天天望眼欲穿。眼看同学们一个个选好了工作岗位，她更是心急如焚。后来，她虽然没有收到陈毅元帅的回信，愿望却实现了，不仅参了军，还被分配到了罗布泊。她兴奋得像换了个人似的。老校长送她参军时给她解开了这个谜："你给元帅写信，陈老总派人回信了。不容易呀！到部队好好干，要为学校争口气。"

研究所招的首批毕业生中，翟芳芝是第一个去报到的。她只训练了3个月，就被分到了电缆组，紧接着便投入到紧张的任务中。她也是电缆组11人中唯一的一名女性。

1964年5月，她又作为研究所首批进场技术人员，成了"木兰村"年龄最小的"村民"。她穿着肥大的背带工装裤，两根小辫子塞进帽子里，手脚麻利说话也快，就连走路都是连跑带跳的，每天都有使不完的劲。张爱萍有一次在工地上碰到她，故意和她开玩笑说："哟！哪儿来的假小子啊？"

从此，"假小子"就成了她的雅号。

电缆铺到哪里，电缆组就要走到哪里。别看她是一个女孩子，干起活来却从不让男同志照顾。巡查线路，她一趟不落；钻电缆沟，她毫不怕苦。第一次出外场时，她没经验，背着几十公斤重的接地电阻测试仪走在烈日下，没一会儿就口干舌燥，一壶水被她咕咚咕咚几口就喝完了。临近中午，太阳越来越毒，她觉得浑身都在冒火，可水已经被喝完了。组长见状，把自己的水壶递给她，她的眼睛湿润了，感激之余后悔自己那么快就把一壶水全灌进肚子里。从此，她暗自训练自己的耐干渴能力。

八一建军节，张爱萍将军提议举行拔河比赛，马兰村对木兰村。木兰村30多位女同志全部上了场，马兰村这边张爱萍、张蕴钰几位首长也上了场。大家一使劲，绳子拉断了，双方都摔在了戈壁滩上，没分出胜负。后来，马兰村和木兰村打篮球，女同志们一开始怕撞伤首长，不敢放开打。张爱萍将军说她们"不勇敢"，她们商量后决定来"勇敢"的。翟芳芝个头小，在首长胳膊底下钻来钻去，把他们打了个落花流水。首长们很高兴，表扬她们真的有花木兰的气势。

1964年10月16日，我国第一颗原子弹被安放在高高的铁塔上，电缆组在塔下连接电缆，检查插头。执行如此重要的任务，再有经验、再沉着的人此时也难免有点紧张。翟芳芝回忆，张爱萍将军来到电缆组，见大家这紧张的样子，就给大家讲起了四川老家一个流传较广的故事：猴子生猴娃后，

▲戈壁深处

放在这儿不放心，放在那儿也不放心，一会儿捅一捅，一会儿摸一摸，结果七鼓捣八鼓捣把猴娃儿给鼓捣死了。将军讲的故事，给了大家很大的启发，减轻了大家的精神负担。

翟芳芝回忆说："张爱萍将军还带着大家到戈壁滩上找石头，那里是古海，有很多化石，挺美的，还有各种各样的石头，也都挺好看。大家捡了不少，后来又都丢了，没带出来。一切都过去了，只有当年那火热的生活成了人生最美好的回忆。"

翟芳芝并没有为悄悄消失的青春后悔，她唯一后悔的是当年没有从核爆心捡颗彩色的石子做纪念。

头顶氢弹睡觉

基地原司令员马国惠将军曾有过一次头顶氢弹睡觉的传奇经历，这是怎么回事呢？

1966年12月底，我国进行氢弹原理试验的现场准备。马国惠当时还是一个年轻的技术员，他和另外三名同志被临时抽调参加激光测速项目。

"我们四个人负责塔上靶标和一个聚焦透镜的安装调试。我们在上面工作了整整20个日夜。"很多年后，已成为将军的他回忆当年创业场景时这样说道。

那是一次塔爆试验。马国惠他们负责的项目要在铁塔的第二层进行。由于白天天空

主播：郑晓峰

微信扫码，
配套音频随身听

背景光很强，信噪比不够，所有光学调试只能在夜间进行。这样，就出现了别人下班、他们上班的情况。当时，他们必须克服多种困难：系统要求高，通信落后，同步性能差，作息颠倒，白天睡不好，晚上又不能睡等等。就这样，他们在铁塔上连续奋战了20天，每天工作10小时以上，最久的一次在铁塔上工作超过了20小时。

为了按时完成任务，他们有时就带上水和干粮，在塔上面吃，也在塔上面睡。铁塔高102米，塔顶是爆室，晚上他们就在那里面休息，刮风时铁塔咯咯响，晃晃悠悠的，像摇篮一样。

冬天，场区气温在零下20多摄氏度，铁塔上面更冷。可是有一次做环境试验，爆室温度高达50摄氏度，又把他们热得够呛。

有一次，兄弟单位的同志不知道他们晚上还要工作，就把爆室的窗户关上了，从里面打不开。但窗户不开就不能工作，会严重影响任务。好在爆室外面的脚手架还在，他们找来手电筒，决定从脚手架爬上去开窗户。脚手架有两米多高，当时正刮着大风，也没安全带，马国惠就一手抱着脚手架上的沙木杆，一手把窗子给拽开了。爆室离地面有100多米，要是掉下去肯定有生命危险，但他顾不得许多，只想着别误了事。

马国惠回忆，那时，在铁塔上下，光他们哈军工六五届的同学就有20多人。在学校时各个专业还互相保密，在这里大家见面了才明白，噢，原来大家都是干这个的呀！插雷管的邵乃林就是他的同学。最后那一夜马国惠他们这个组是他上去的，刚好那晚邵乃林也在。邵乃林对马国惠说，调试插雷管的时候，他可以在边上看看。他说他不看，不能违反规定。

那天晚上，他们调试到很晚。完成任务后，他们又困又累，也顾不得有什么危险、什么放射性了，只想在上面好好睡上一觉。马国惠看到，放置氢弹的圆台有一部分突出一些，正好当枕头。于是，他就枕着平台，头顶氢弹，在恒温的铁塔爆室中很快进入了梦乡……

等马国惠他们一觉醒来时，才发现塔下已经有人上来做起爆前的准备工作了。于是，他们下了铁塔，坐在卡车的大厢板上，沿着高低不平的"搓板路"撤离了爆心。

一块银圆和一个梦想

在研究员王奎禄儿时的记忆中，一直有一块银圆在闪闪发光。

王奎禄的老家在甘肃省甘谷县，他幼年丧父，兄弟仨和母亲相依为命。

王奎禄小学毕业后，以优异的成绩考上了甘谷县第一中学的南中部，但家里穷得拿不出一分钱学费，亲戚中也没有人能帮助他

主播：李文刚

微信扫码，
配套音频随身听

们渡过难关。开学的时间到了，同村的孩子来喊王奎禄一块去报名，可他还在为一共几毛钱的学费没有着落而发愁。一着急，眼泪就不由自主地流出来了。

当时，解放军某部有一个班正驻扎在当地。这个班的班长也是贫苦农民出身，他知道王奎禄家的困难后，二话没说，从衣服口袋里掏出一块银圆交给王奎禄，让他拿去报名。这块银圆改变了王奎禄的命运，也让王奎禄从内心里对人民军队充满了感激，从心里萌生了长大后当一名解放军的梦想。

后来，王奎禄大学毕业后，毅然从军。他为核试验事业奋斗了40多年，先后参加了试验任务20多次，承担了多项测量技术的研究工作。

王奎禄是技术研究带头人，长期在一线工作，身上留下了十几个在试验中磕碰出的伤疤，战友们笑称这些都是他的"军功章"。

1967年9月，一次试验马上就要进行"零前"最后一次全场联试了，但由于操作人员的失误，造成了前端电子电路几乎全部失灵。当时，作为项目负责人的王奎禄正在地下测量间准备联试工作。这一消息使他内心一惊，但他很快冷静了下来。简单交代了测试间的工作后，他立即跑步登上了跟踪炮车奔往现场。

经初步检查，王奎禄发现仪器中有几十个电子管已全部被烧坏，电阻、电容也大部分被烧坏。如果要修复，工作量并不亚于新做一台仪器，而且仪器修复后，几套系统还必须重新调试、标定，按常规至少需一个星期的时间。而第二天上午就是爆炸"零时"了，还有许多准备工作要做。也就是说，所有的故障必须在一天内完全解决，否则该项目一年多的努力将付诸东流！王奎禄一咬牙：马上抢修，必须保证"零时"前系统调试到位！从上午9时直到下午5时，他滴水未进，一口气干了8个小时。

仪器终于修好了，他长长地出了一口气。紧接着，他又对几套系统进行重新调试和标定，全部工作完成已是晚上10点。这时，王奎禄才感到身体仿佛散架了一样，一下子瘫倒在戈壁滩上。

20世纪70年代，吕敏院士从资料中发现一组新的英文字母，他敏锐地意识到，这是一种新的图像诊断技术，便立即建议开始对这一课题进行研究攻关。

王奎禄成为研究这一课题的主要负责人。他争分夺秒地查阅国内外相关资料，提出研究技术方案，并带领全室科技人员齐心协力，集智攻关。在多次试验积累的技术基础上，他们先后突破和解决了一系列关键技术难题。经过严密的实验研究，该项目终于具备了现场试验的条件。某次试验"零时"后，当王奎禄带领抢收小组进入记录工号，看到迅速显示出的两幅清晰的图像时，他们惊喜地抱成一团："成功了！首战告捷！"

1993年5月，王奎禄荣立一等功，被国家人事部和解放军总政治部联合表彰为"有突出贡献的中青年专家"。

中国第一颗氢弹爆炸成功

1967年6月17日8时20分，新疆罗布泊沙漠腹地，寂静的天空突然被强烈的闪光所笼罩，一个巨大的火球随之腾空而起，把天幕上正徐徐升起的朝阳掩盖在一片光辉之中。此时的天空宛若双日高悬，接着，飓风般的冲击波从爆心袭向四周，爆炸巨响，震耳欲聋——一朵壮观的蘑菇云在戈壁滩上腾起。

主播：张尚青

微信扫码，
配套音频随身听

中国第一颗氢弹在西部地区上空爆炸成功！

负责空投的是徐克江机组。

1967年6月17日凌晨，马兰沉浸在静悄悄的夜色中，而此时的马兰机场却是灯火通明，一片忙碌。

7时，担任我国第一颗氢弹空投任务的空军徐克江机组，驾驶着飞机从马兰机场按时起飞。

8时整，徐克江驾驶飞机进入空投区域。指挥员立即发出清亮而庄重的报时令："5——4——3——2——1，起爆！"

可参试人员只看到飞机在空中盘旋，却没听到声响——氢弹没有投下！飞机上负责投弹的是第一领航员孙福长。当时由于太紧张，他忘了按自动投掷器，氢弹没能在预定的8点准时投下。

周总理从电话中得知这一情况，随即指示罗布泊指挥所："请告诉飞行员，要沉着冷静，不要紧张。"

徐克江要求再次投弹。

8时20分，飞机第二次冲入爆心，孙福长准确无误地按下了投掷器。

刹那间，试验场地的上空出现了一个白色的圆柱体——这就是中国第一颗氢弹。在湛蓝的天空中，它被高速飞行的飞机抛出，犹如投入蔚蓝色海洋中的一个深水炸弹；它使劲地拽着降落伞，摇晃，飘飞，滑行……越来越远，只剩下一个小小的白点，一个只能凭感觉而不能凭视觉捕捉的白点。突然——
白光！就在人们因强烈的震撼稍稍眯了眯眼的刹那
间，无所不在的白光，亮彻了整个天宇！

　　而后白光中出现了金色，空中出现了一个比1000
个太阳还亮的火球。它与冉冉升起的朝阳相映生辉，

▲徐克江（右一）在家中向战友们回忆那次惊险的空投过程

组成了双日争辉的奇丽景象。随后，火球上方渐渐出现了草帽形的白色云团，云团悠悠地旋着，变成了一朵白色的蘑菇……

因飞机第一次没有投下氢弹，飞第二圈时正好日出，所以出现了氢弹与太阳同辉的壮观景象。

投弹飞机安全返航了。

可就因为飞机多转了一圈，徐克江机组都觉得非常遗憾，心里一想到这个事就惭愧万分。一次，徐克江去西安黑河参加工程义务劳动，广播里说有一个投过氢弹的同志也来了。记者打听清楚后要采访他，他没同意："说这个干啥？难受！这个内疚一辈子都消除不了！党把这么重要的任务交给我们，我们却没完成好，多转了一圈，想起来就觉得遗憾。"

担负飞机投弹任务，对飞行人员而言既是神圣的使命，也是莫大的荣耀。他知道，我国第一颗氢弹，倾注了多少科技工作者和参试大军的心血，更承载着大家的热切期望。就因为飞机多转了一圈，这位人们心目中的英雄，总是放不下心中的内疚、惭愧和遗憾。

从徐克江身上，我们看到了老兵的责任和担当，更看到了一位马兰人对"圆满完成任务"的最好诠释！

杨国祥是彝族人，也是我国培养出来的优秀飞行员。杨国祥没有想到，自己曾驾驶过的飞机18年后会存放在北京大汤山下中国航空博物馆的展厅内，成为一件引人注目的历史文物。

1971年12月30日的马兰机场，阳光从无云的天空洒落，给大漠机场上的景物都抹上了一层明亮的光辉。一架飞机正静静地停在跑道上，威武、矫健。

这是我国第一次用自己研制生产的第一代强击机投氢弹。

科技人员将安装完毕的氢弹交给空军军械人员装上飞机，杨国祥对飞机和弹体进行了认真的接收检查。

下午1点钟，机场指挥塔台上发出了起飞信号。杨国祥稳稳地操纵驾驶杆，飞机腾空而起，直冲蓝天。

这条特殊的航线，杨国祥十分熟悉，在训练中他已经往返飞行过几十次。就是闭着眼睛，他仿佛也能看到蓝天下这空旷的大漠

主播：凌川

微信扫码，
配套音频随身听

和大漠中那用反光的铁皮和石灰标着的"十"字形靶标。为了完成这次特殊任务，杨国祥进行了严格、艰苦的训练，一共投掷了200多枚试验弹，每投一次，就离靶心近一点，到最后，弹着点离靶心仅12米。

飞机沿预定航线准时进入空爆试验场上空。

杨国祥聚精会神，注视着仪表上的数字，不断调整着投掷位置，按程序有条不紊地做着投弹的准备工作。

塔台发出了投掷信号，杨国祥果断地打开保险盖，把手伸向投掷装置的开关……

然而，投掷装置没有反应。

杨国祥一愣，随后他采用应急方案，驾着飞机绕了个"8"字，再度进入投掷圈。他的手指第二次伸向投掷装置的开关……

然而第二次投掷仍然没有成功！怎么回事？杨国祥的心一下子提到了嗓子眼，额头上也沁出了细密的汗珠。他一咬牙，又飞了一圈，进入投掷范围后，采取了超应急措施的第三次投掷，但依然没有成功！这时飞机所剩油量仅够飞行半小时了。

飞机载着氢弹在天上盘旋……

情况紧急万分，杨国祥却格外冷静，此时飞机的余油量已不允许做第四次投掷。在这种情况下，他有两种选择：弃机跳伞或带弹着陆。他把自己的生死置之度外，毅然决然地选择了后者。

平时沉着少言的他对着话筒说："我一定想尽一切办法，将氢弹带回；如果带不回去，我一定自己在沙漠里处理，绝不会做对不起党和人民的事情。"

按照地面指挥员的指令，杨国祥迅速将挂钩锁死，载着氢弹飞向马兰机场。

战斗机载着氢弹着陆，是试验中前所未有的事情，一旦发生意外，后果不堪设想。指挥塔台上的宋师长心都快要跳出来了，脑子里闪电般地进行着紧张思考：为什么没有投下去？问题究竟出在哪里？

这时，传来了周总理的指示：要相信飞行员的能力，一定要保证飞机安全着陆。

机场警报器的叫声刺破长空，所有人员迅速而有组织地进入地下工事。为了减少不必要的牺牲，宋师长只留下一名参谋，塔台其他战勤人员都转入地下。

周围死一般寂静，熟悉的机场顿时变得那样陌生。宋师长担任塔台指挥员少说也有上千场次，指挥处置紧急情况也不下几十次，但哪怕再复杂的意外情况，与眼前的危急程度相比，都是那样微不足道。

他脑子里飞速构思着指挥方案，根据飞行时间计算，飞机已接近有效联络距离。他坚定地拿起话筒，直接呼叫着飞行员的名

▲彝族雄鹰——杨国祥

字："杨国祥，我在塔台上，机场天气很好，你要沉着、冷静，要检查一下挂钩是否确实锁死，一定要保证一次落地成功。"

扬声器里立即传来飞行员坚定、简练的回答："明白！"这个声音，宋师长听过千百次，可今天听来竟是那样庄严、亲切。飞机临空了，宋师长命令其直接加入四转弯着陆，并不断指挥飞行员："注意检查襟翼、起落架！""注意调整速度！""收油门！""带一点！""好！"飞机平稳地接地后滑到停机坪，宋师长这才如释重负。

杨国祥打开座舱盖，这时他才发现自己出了一身冷汗。走下飞机，杨国祥看了看无云的天空，对迎上前来的师长说："今天的天气真好！"

这次"带弹着陆"成为世界核试验史上的首例，它也将永远载入中国核试验史册。

氢弹没有投下去的原因是投掷装置的薄膜破裂，造成线路短路，使得装置不能工作。虽然有正常、应急和超应急三条线路，但最终都汇集在一条线上通向投掷装置。因此，当这个"瓶颈"出了故障时，尽管飞行员的操作程序完全正确，也使用了三种方法，弹体还是不能离机。

设计生产单位将线路进行了改装，问题很快解决了。从北京也传来了周总理的指示：继续试验。

1972年1月7日13时，杨国祥又信心百倍地驾驶飞机腾空而起，穿越厚厚的云层飞向试验场。

出云了，靶场天气很好，但距靶区10公里处，有大片的浓云正缓缓向靶场压来。必须抓紧时间，争取一次成功。按照预定方案，杨国祥沉着地驾驶着战鹰，熟练地完成每一个规定动作。当按下最后一个按钮时，他明显感到弹体已经离机。于是他迅速戴好防护镜，关闭座舱防护罩。30秒钟后，一道强烈的闪光出现，紧接着是震天的巨响，戈壁滩上又一次升起了蘑菇烟云。

无畏的科学家

1964年10月，当我国第一颗原子弹爆炸的惊雷震动世界的时候，正在莫斯科的钱绍钧内心既振奋又有几丝遗憾：作为一个核物理工作者，自己却未能亲手为祖国的第一颗原子弹做点什么。

1966年2月，钱绍钧的愿望终于实现了。他被作为技术骨干调到了研究所，同千百名科技人员一样默默无闻地埋头苦干了十几年。他们的名字、他们的业绩都盖着"秘密"的印章，锁在档案室的保险柜里。到1983年，"钱绍钧"这3个字才第一次出现在首都几家大报的通栏标题上。

主播：阿斗

微信扫码，
配套音频随身听

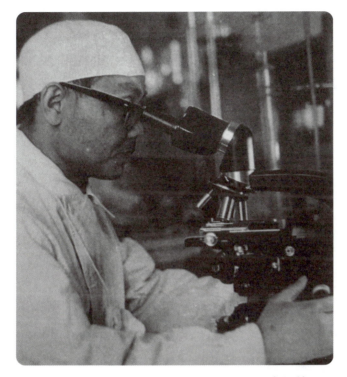

▲钱绍钧院士

从科研工作者到科学家司令员，罗布泊的事业是他的生命。

放射性，被称为看不见的"刀山火海"。征服它，需要有科学的防护，更需要有高度自觉的献身精神。

钱绍钧院士就是个无畏的勇士。

早期分样，放射性剂量最大、危害最重，每个人的操作时间，一般都控制在10分钟以内，操作时，几个人轮流替换。每到这个时候，钱绍钧总是把自己排在第一个操作，让年轻人少干些。他风趣地说："放射性潜伏期有几十年，我们老同志多受点影响不大，等到发作时，我们也早见马克思去了。"

一次，直升机刚把样品送到放化楼，钱绍钧就跟往常一样，第一个上了操作台。他连续操作了两个小时，分完了放射性剂量最大的早期样品。

120分钟，这数字看上去很普通，实际上很惊人。他的一次操作，不仅承担了数倍的工作量，而且承受了数倍的放射性剂量。

也是在这次操作中，钱绍钧的双手被放射线严重灼伤，红肿、起水泡后，双手脱去了一层皮。但他全然不顾，紧接着又和项目组的同志一起分析、测量、计算，认真处理用不同方法测出的各种数据。

人们说，钱绍钧见了样品就"不要命"了，还真是这样。

一次试验过程中，钻机即将打入"空腔"。赶到现场的钱绍钧突然接到吕敏副所长打来的电话，要他马上回去。原来，考虑到他的双手曾被放射线严重灼伤过，应当避免再接触放射源。吕敏副所长的语气是坚定的，也是在下命令。组织性、纪律性一向很强的钱绍钧，竟然第一次违抗了命令。

有些组成放射性粒子的元素寿命短，放射性强度衰减很快。钱绍钧觉得，和时间赛跑比什么都重要。

一次试验，国家花这么大的代价，就是为了样品这东西。钱绍钧觉得自己不做到最好，就对不起党和国家。

显然，这时候让他从火线上撤下来，他怎么也不会甘心的。他急得几乎发火，在电话里冲着领导大声说："叫别人干，自己不干，我没这个习惯！"很快，他似乎意识到这样说不合适，又用恳求的语气请求领导让他留下来。

领导没有办法，只得同意了他的请求。

在研究所，人们爱用"最"字评价钱绍钧。对于勤奋工作的他，人们用了3个"最"：吃饭最晚，睡觉最少，工作最多。而谈到他在放射线面前奋不顾身的样子时，人们又用了3个"最"：凡是对人体有害的放射性操作，数他操作时间最长、次数最多、受的放射性剂量最大。

这"最"字，正是对钱绍钧表现出的无畏的牺牲精神的充分肯定和高度赞扬。

1983年，中央军委授予钱绍钧"国防科技工作模范"荣誉称号。

夫妻将军科技报国

1966年10月，一列闷罐车从北京出发，载着清华大学毕业生张利兴等几百位青年，向远方驶去。

终点在哪里？张利兴知道得并不是很确切。他只知道，那是天山深处，一个地图上都寻不到的地方——马兰。

两年后，朱凤蓉从清华大学毕业，也来到这里。从此，他们在戈壁滩扎下根，成为新中国"两弹一星"事业的亲历者，成为大漠里走出来的"将军夫妻"。

这个上海姑娘原本可以留在北京工作，学校也希望她留校当老师，但朱凤蓉有自己的打算："学这个专业，就是因为国家需要，我想更好地发挥自己的作用，到一线做科研更适合我。"

建设初期的马兰，正是用人之时，试验

主播：于建华

微信扫码，
配套音频随身听

放射化学诊断急需朱凤蓉这样的专业人才。

1969年12月12日，两张单人床拼到一起，张利兴和朱凤蓉结婚了。

同事大姐拿来好看的枕套，借给新人摆一摆。暖壶买不到，战友送来一个。再到军人服务社买些硬糖，给战友们分一分，就算是举行了结婚仪式。

"除了造好的几排房子，什么都没有，房子里也是空的。"张利兴、朱凤蓉工作的红山，距离生活区马兰还有40公里，车要往山沟里一直开，开到几乎见不到人烟的地方。

当时，红山生活条件很差，用的水是顺着小山沟流下的天山雪水，水质好但泥沙多，水里还时常有羊粪蛋。在那里，就连蔬菜都很紧缺，也很难买到鸡蛋和新鲜肉。他们就和大家一起开荒种菜，捡牛羊粪给地施肥。女儿出生后，为了解决鸡蛋不足的问题，朱凤蓉还研究起了养鸡，给孩子补充营养。

"红山的日子，不是只有艰苦，还有美和快乐。"朱凤蓉记得，夏天的雨后，远处是洁白的雪山，身边是盛开的野花；她还记得忙完任务后，沿着山沟小溪抓鱼的快乐。

他们不仅是生活上的伴侣，更是工作上共同奋斗的战友，经常一起探讨问题，同心协力完成重大科研课题。

"在马兰，每一天，都身处看不见的'刀山火海'。"张

▲朱凤蓉、张利兴和女儿在红山

利兴说，"这个事业，决定了我们就是在大漠奋力地拼搏，在戈壁默默地生活。干的是惊天动地的事，做的是隐姓埋名的人。"

　　长时间近距离接触核爆样品，朱凤蓉也为此付出了极大的代价。这期间，朱凤蓉患膀胱肿瘤不得不住院动手术。躺在病床上，她看着天花板，满脑子还是各种各样的公式。终于，她想出了一种衡算诊断法。她马上与张利兴讨论并修改补充，编写计算程序。在病床上，她抱着笔记本电脑，用衡算诊断法诊断出氢弹地下试验的有关数据。成功的喜悦，使她减轻了病痛，度过了难忘的时光，获得了人生的最大乐趣。

其实，他们有很多机会离开。1980年，张利兴作为改革开放后的第一批公派出国的访问学者，到国外进修。两年后，他毫不犹豫地回到了戈壁。

1990年，上海浦东开发热火朝天。母校老师力邀二人回上海，到清华在浦东设的点工作。夫妻俩婉言谢绝了老师的好意。

从1958年6月，到1996年9月中国签署《全面禁止核试验条约》，我国成功进行了45次核试验。朱凤蓉完整参与了37次，张利兴参与了29次。他们亲历了中国"两弹一星"的伟大事业，曾获得多项国家科技进步奖和发明奖。

2001年，在清华大学90周年校庆大会上，作为奋斗在国防战线上的清华校友代表，朱凤蓉走上讲台，说："我是清华大学毕业的学生，我没有进入任何一级领导岗位，仅仅因为投身到了一个伟大的事业中，仅仅因为把我们自己的理想追求同国家民族的命运结合起来，才体现了我们自己的人生价值。"

这是朱凤蓉发自肺腑的声音，也是她同为清华校友的丈夫张利兴将军的深切感受，还是战斗在罗布泊的清华学子的共同心声。

刻苦钻研的欧阳博士

边塞、月光、羌笛、盔甲，留下了多少千古绝唱。

欧阳博士很喜欢大漠里的月光。在月明星稀的夜晚，他会静静地坐在窗前，就着银白如霜的月光，酣畅地徜徉于知识的海洋。月弯星繁的晚上，繁星挤破头似的从苍穹涌出，与那望不到尽头的地平线连成一体。他仰望星空，想着新的实验过程和可能的科学结果。

种种奇思妙想如同夜晚的繁星，在他脑海中不停地闪烁：能提高30%动能的碳纤维活塞，在零下60摄氏度仍不罢工的电池，变

主播：吴建龙

微信扫码，
配套音频随身听

甲醛为负离子的空气机，能除尘防瓦斯爆炸的煤矿雾化器……

欧阳博士出生在湖南一个贫困的山村，从小就有参军的梦想。1983年，大学毕业的他来到了马兰基地的红山中学当物理老师。没有穿上军装，心中难免有些遗憾，但他仍一心投入到了教学中。

一次偶然的机会，欧阳博士从几位搞核物理的专家学者那里了解到，祖国需要核物理方面的技术，基地急需这方面的专业人才。他动心了，决定报考这个专业的研究生。

欧阳博士从小就爱读书，读大学时更是"变本加厉"，经常看书到深夜十一二点，凌晨三四点又爬起来看。考上研究生后，他夜以继日地学习，以优异的成绩毕业，很快就成了单位的骨干。因工作需要，单位领导希望他安心进行科研攻关，暂时放弃进一步学习深造，他二话没说就答应了。

在核研究中，要捕捉和准确测量中子的飞行时间和过程非常困难，而要测绘核反应产生的中子的时间谱简直不可能。

正是这种不可能，让致力于前沿科学研究和重大课题攻关的欧阳博士兴奋不已。"别人觉得做不了的，我特喜欢去完成。成天琢磨，总有一天就能被我琢磨出来。"他每天很早就上班，晚上要工作到深夜，实验正酣时甚至工作到凌晨两三点。

欧阳博士日思夜想，甚至连做梦都在想。有一次在梦中，他突然"灵光"乍现，蹦出来一个解决办法。醒后，欣喜若狂的他立即将梦中的方法记录下来，随即付诸研究。经过半年的攻关，欧阳博士终于做出了探测器。

一天夜里，欧阳博士起床时摔了一跤。当晚他高烧不退，送到医院后，被确诊为急性脑膜炎，下了两次病危通知。当时，正值探测器投入试验接受检验的关键阶段。他不顾医生的劝阻，只休息了一个月，便怀揣病休一年半的病假条，从医院直奔试验区。试验成功后，专家们一致评价：新型探测器达到国际先进水平。欧阳博士说："这比什么药都灵。"

这个新型探测器，填补了我国在该类中子探测技术上的空白，解决了一系列重要测试诊断难题。2013年，欧阳博士当选为中国工程院院士。

多少个攻关科研的寂寞深夜，在刻苦钻研的间隙，欧阳博士吟诵着："众里寻他千百度，蓦然回首，那人却在、灯火阑珊处。"他给枯燥的科研工作，抹上了诗意的色彩。

还有什么比这些诗句，更能描绘科研路上的酸甜苦辣呢？

诗言志——这是一个科学家的诗意人生，更是一个大漠赤子的家国情怀。

唤出一片蓝天

在罗布泊气象史上，有一位功臣叫戴维孝。他在气象复杂多变的罗布泊，一次次地捕捉到满足试验要求的时间窗口，一次次地为试验圆满完成唤出一片蓝天。每次任务的关键时刻，大家都会不自觉地想到他。

罗布泊地区多东北大风，气象预报部门最早做出过两因子预报点聚图。

戴维孝1968年从南京气象学院毕业后来到了罗布泊。一到罗布泊，他便向老同志请教，同时把阳平里气象站几年的宝贵资料分门别类地进行统计分析。

很快，他就初步弄清了罗布泊风云雷雨

主播：王龙胤

微信扫码，
配套音频随身听

等气象要素在不同季节、不同月份的出现规律。他还运用学到的理论，根据理论分析和统计资料，大胆创新，改用温、压等要素的24小时变量做因子，制作出三因子大风预报点聚图，不仅提高了预报的准确率，而且能预报出大风的强度。

接着，戴维孝又对罗布泊地区的浮尘、雨雪、雷暴、浅层风等进行了研究。这样下来，戴维孝对罗布泊地区天气的变化规律和预报方法胸有成竹，预报天气得心应手。

凭着过硬的功夫，戴维孝和同志们保证了试验能在符合要求的天气下进行。

他们观天测云，巧借西风，妙避雷雨，被人们称为试验场上掌管风云雷雨的"神仙"。

一次试验前夕，根据戴维孝做出的有西风的预报，初步确定了"零时"（起爆时间）。可是东风连续刮了几天，试验指挥部领导和参试人员心急如焚，戴维孝桌上的电话更是响个不停。

"试验能否按预定计划进行？"

"能！"戴维孝总是坚定地回答。

在艰难等待中，时间一分一秒地过去，直到起爆前的这天上午，东风依旧劲吹。

指挥部领导驱车来到预报组，戴维孝依然自信地报告："请首长放心，可以按计划进行！"果然，爆前两小时，风向突然改变，徐徐西风开始吹来。

试验按时进行，戴维孝也博得了北京来的领导和参试人员的高度赞扬。

一天早晨，艳阳高照，万里无云。这时，试验场区里正在紧张地忙碌着，准备将试验用的核弹吊装下井。突然，在气象云图上，戴维孝和预报组的同志发现：一块厚重的云团正向试验场区移动。紧急分析后，戴维孝立即向指挥部汇报这一天气突变情况，并建议推迟吊装。

由于试验任务重，期限紧，况且当时天气又这么好，大家听说要推迟吊装，心中都有些埋怨。可到了中午，天气果然突变，天空乌云翻滚，雷电交加，阵风吹到七八级，连人的眼睛都睁不开。这时，大家才信服了，并非常庆幸推迟了吊装。

1996年，我国最后一次核试验，在爆前6小时订正气象预报时，卫星云图上突然显示，有3块强对流云团在爆区上空集中。这意味着"零时"很可能出现雷暴和降雨，这将对试验产生致命的影响。

情况万分紧急，戴维孝马上召集中短期预报组开现场会。他们经过认真分析，精确计算数据，发现云团之间有缝隙，能满足试验气象条件：一块云团在爆区偏北移动，一块云团在爆区偏南移动，爆心正好处在这两块云团的夹缝中间，刚好可以避开雷暴；另一块云团离爆区尚远，即使发生降水也将是在爆后12小时之后。

指挥部根据戴维孝他们提供的天气预报，准时下达起爆指令，试验顺利进行，有惊无险。

凭着丰富的经验，戴维孝揭开了罗布泊地区气象对试验影响的秘密：罗布泊地区一年之中刮东北风较多，如果爆炸后是东北风，参与人员及周围群众将有生命危险。试验必须选择在晴天无云、爆炸前12小时无雷电、爆炸后12～24小时内有3米/秒的西风的情况下进行。因为爆炸后有微弱的西风，才能将爆炸后的粉尘吹进东边划定的沙漠沾染区内。

荒凉戈壁滩，风沙弥漫。为了祖国核试验，愿把青春年华献。无怨无悔。

风云多变幻，立志管天。巧借西风保安全，与天奋斗乐无边。矢志不变。

戴维孝几十年如一日的预测工作，凝聚成了这首《浪淘沙·志在戈壁滩》，既写出了他对事业的追求，更是他心灵深处的独白。

奉 献

▲大漠孤驼

主播：文山

微信扫码，
配套音频随身听

中国核试验事业的发展，是一部无私奉献的壮丽篇章。

祖国一声召唤，一批批杰出的科技人员、官兵和职工，心有大我，赤诚报国。

他们淡泊名利，无私奉献，自觉地把个人理想同国家命运，个人志向与民族复兴紧紧联系在一起。他们义无反顾地放弃国外或国内大城市的生活，投身到中国核试验的伟大事业中，喝苦水，抗风沙，战严寒，斗酷暑，扎根大漠，隐姓埋名，几十年如一日，兢兢业业、默默无闻地奋战在自己的岗位上。他们奉献了青春年华，献出了毕生的精力，乃至献出鲜血和生命，把功绩写在大漠风沙中，将无悔的人生凝固成一尊尊永恒的雕像。

同困难做斗争，是物质的角力，更是精神的对垒。正是他们的奉献和牺牲，成就了"两弹一星"的伟大事业，托举起祖国的和平盾牌。他们在极端艰苦的条件下创造了非凡的人间奇迹，在拼搏奉献中创造了马兰精神。

这是一支在罗布泊战斗了几十年的工兵部队，从创业初期的基地建设、一系列特种工程，到地下坑道掘进，他们一直奋战在最艰苦的地方。他们的崇高就在于长期吃苦而不以为苦。

这支部队在大山中打了几十年隧洞，在罗布泊这空旷的天地间，属于这些年轻士兵的只是大山腹部一块小小的作业面。在这狭窄的坑道内，每向前掘进一毫一厘，战士们都要把自身的能量全部迸发出来。

他们盼望和亲人共同感受成功的辉煌，却又不想让亲人知道这辉煌后面的艰难苦辛。

程继申是连队的指导员，有一天他突然收到未婚妻寄来的几根白发，他这才意识到自己已经28岁，是大龄青年了。新婚才10天，正赶上老兵复员，他就把千里迢迢赶来部队的妻子托给战友的家属，自己则匆匆赶回几百里外的连队。

部队的家属区离施工场区有300多里路，家属们随了军却不能随夫。丈夫们在场区钻隧

主播：可人

微信扫码，
配套音频随身听

大山英雄营

▲ 收工回来补帐篷

洞，打石头；妻子们的工作也是打石头，筛沙子。她们风趣地说："老头子是工兵，俺们也是工兵。"

这支部队在试验场转战32年，住了30年帐篷。一批批新兵来了，一批批老兵走了，许多战士从入伍到复员也没离开过那座大山。临走前他们最大的愿望就是到生活区看一看，能痛痛快快地洗个澡，能到有座位的电影院里看场电影。

他们也想在饭桌前从从容容地吃顿饭，也想能有点什么给他们遮遮太阳与风沙。这些都是生活中最普通的东西，像阳光、空气、水一样普通，可对他们来说却是那么难得、那么可贵。

他们的崇高就在于长期吃苦而不以为苦。为了试验，他们把所有的艰辛都当成了欢乐和光荣。

当新兵们走进这大山，以风钻铁锹开始这特殊的军人生涯时，也许还没意识到自己正走向崇高和神圣。

许多人想过家，流过泪。上过几次班，进过几次洞，这些来自四面八方的孩子就成了坚强的汉子，成了吃苦耐劳的好兵。

战士们常说："老兵都这样干过来了，他们能适应，我们也能适应。"

唐庆桃在场区整整干了15年，入伍时体重140斤，退役回到地方时只剩下110斤。没有人能记清他有多少次累得晕倒，但每一个人都知道唐庆桃当年曾不顾高温高压的危险，以视死如归的从容为开挖取样打开了通道。

徐纯银，这位营里的老风钻手后来当了团长，现在已经转业了。他的青春和健康过早地融进了大山中的坑道和脸上的皱纹。见到他时，已是初夏，可他的军衣里还套着厚厚的毛衣。但他就是用这副瘦弱的身板，在一次核爆炸前夕，带领3名骨干从装有原子弹的坑道中排除了5枚哑炮。

在这支部队里，哪里有困难，哪里有危险，哪里就有干部，有党员。

战士们正是从身边这些实实在在的人的行动中懂得了什么是吃苦和忍耐，懂得了什么是奉献和牺牲。

荒原英雄团

这是一个工程技术团，这更是一个英雄团。他们敢于向生命极限发起挑战，敢于向重重技术难关发起冲锋。面对任务，越是艰难危险，官兵们越是争先恐后。

地下竖井试验期间，这支部队执行竖井试验工程保障任务。

罗布泊的地层结构极为复杂，要在坚硬的戈壁上钻出试验用的竖井，官兵们向生命的极限发起了挑战。

开挖导井是钻井工程的"前奏曲"，需要挖出近20米深的人工井。

第一个抱起风钻的是老营长杨杰。在狭

主播：春言

微信扫码，
配套音频随身听

小的作业面，怀抱几十公斤重的轰轰作响的风钻，杨杰，这位1950年入伍，在朝鲜战场打了多年坑道的老钻手常常一干就是十几个小时。

爆破后的清渣更是苦活，硬岩片如尖刀般锋利，锹铲不动，镐刨不进，只能用小耙子一块块扒，用双手一块块搬。一天下来，杨杰和战士们的手套磨成了碎片，胶鞋磨穿了底。由于手上茧皮太厚，加之用力过度，大家的手指弯曲起来都很困难。

试钻进行了5年，杨杰和战士们在场区的帐篷和地窖中住了5年，终于在硬岩介质中钻出了第一口竖井。

新兵余战辉，脸黑黑的，常常猫着腰，干活很老练。他咧嘴一笑露出两排白牙时，才让人想到，他还只是个19岁的孩子。

那是一个盛夏，即将进行的竖井试验需要准备回填用的沙石料，团里给余战辉所在的营下达了筛石几千立方米的突击任务，限20天内完成。

干！头顶是无遮无掩的烈日，脚下是60摄氏度高温的地表，脚上蹬的是被烤得变了形的解放鞋。

筛！手上的血泡破了又起，起了又破，直至满手硬茧，连大腿也被锹把磨起了茧，脊背被晒成了绛紫色。

可是，天有不测风云！一场突如其来的暴雨，一夜之间将大家奋战十几天精选出的沙石冲得一干二净。

洪水冲走的不仅仅是沙石，也不仅仅是全营官兵的血汗，更是紧紧关系着国家大局的试验时间！

继续干！余战辉和战友们每天十几个小时拼命地筛，筛红了双眼，筛肿了胳膊腿儿，筛遍了浩瀚荒原，在"死亡之海"留下了生命的印记。终于，又一个几千立方米的沙石堆小山似的矗立在了工地上。

下班了，余战辉踉踉跄跄着脚步，再也走不动了。他趴倒在地，恳求班长为他踩一踩腰。就在班长为他轻轻踩腰的几分钟里，他脸贴着戈壁，睡着了。

竖井试验工程技术，是各种方式的试验中极为复杂的一项工程技术。我国的竖井试验，是在国外严密的技术封锁下，在没有任何社会依托的荒漠中进行的。

一团官兵在向自然挑战、向生命极限挑战的同时，也向重重技术难关发起了冲锋。

1971年，我国专门为这次试验研制的第一台大型钻机运抵试验场，一试钻，钻头顶着坚硬的岩石直打滑，就是钻不进去。

老团长陈国清，作为罗布泊第一代司钻手，他和战友们面对这个重达几百吨的庞然大物毫不畏缩，在专家和技术人员的带领下，开始了艰难的探索。

计算，割下，焊上；再计算，再割下，再焊上……在这几个简单的动作上，陈国清和战友们整整摸索了3年，终于找到了牙轮的最佳布局。

这种15个牙轮的刀盘布局一直沿用到今天。

1995年6月的一天，连续高强度的空中作业，让工程师卢伟再也挺不住了。他两眼一黑，从两米多高的调试台上摔了下来。一根翘起的角钢扎进他的右小腿，鲜血顿时浸透了军裤。在救护所缝了5针后，他拿着药一瘸一拐地又返回了工地。团领导怎么劝，他都不肯休息。

他知道，自己是工地上唯一的土建技术员，现在又是工程的关键阶段，所以他不能休息。他请求医生加大药量，又拖着伤腿上了工地。团领导没办法，只好让卫生员每天在工地值班室里为他输液。就这样，人们看到他还和往常一样，一有空就挂着拐杖把井口的沙子翻来翻去，像丰收后的农民翻晒自家的粮食一样细心。这些沙子是用于回填试验装置的，必须保证干燥，如果湿度超过规定范围，将直接影响核装置爆炸的质量。

几次下雨，他晾在外面的衣服忘了收，却把一堆堆沙子遮盖得严严实实。

这位大学毕业不恋都市闯大漠的"学生官"，在试验场上实现着自己的人生价值。

在一次新的试验前，为了检查特殊装置吊装时与井架各系统的适应性，获取精确的对接数据，副团长李殿海和一名技术人员爬上37米高的井架。烈日烤得井架发烫，晒得人发晕。他让技术员待在铁塔上，自己则爬上爬下测量。3个多小时，他们不知流了多少汗，终于拿到了全部数据。

这些官兵就这样把自己的一举一动都融入试验的伟大事业中。为了祖国安全这个最高利益，他们把一切危险置之度外，把所有风险扛在肩头。

他们是"荒原英雄团"，没有比这个荣誉更适合他们的了！

开山凿洞『双钻将』

1974年初，一支部队来到了罗布泊的一座山下，从此开始了20多年的坑道岁月。他们丢下镐头和红柳筐，抱起了风钻；他们告别阳光和广阔的大漠，走进大山的腹中，用那长满老茧的双手和结实的肩膀，开山凿洞打坑道，为原子弹铺设产床。

平洞掘进施工中，最重要的活，莫过于抱风钻打炮眼。几十公斤重的风钻机在怀里疯狂地吼叫，剧烈抖动，似要把人的五脏六腑都颠出来。洞内粉尘弥漫，噪声震耳欲聋，空气中不仅有刺鼻的硝烟味，还有从花岗岩中释放的一种放射性气体——氡气。这些夹杂在一起，叫人头昏脑涨，几近窒息。

工兵们一个班次下来，感觉浑身都散架了。施工作业时，他们必须头戴防尘罩，工作服外套防水衣，脚上穿高筒水靴。就这样，打钻要不了一会儿，头发、耳朵、鼻孔都钻进灰尘，浑身溅满泥浆。

为了凿岩石时机器不因为过热和岩石摩擦着火，也为了减少粉尘，必须用水喷着凿

主播：大超

微信扫码，
配套音频随身听

▲扎根戈壁

眼处。水枪里的水打到岩石上，石浆水顺着钻机从手上流到胳肢窝，流遍全身，流到高筒水靴里，不一会儿就能从靴里倒出半碗水。而朝下垂直的炮眼，进水后不易干，只能打旱钻。岩石特别硬，一钻下去直冒火星，钻头还打滑，在那里干转悠。

20平方米的坑道里，几台风钻机一起干，震得耳朵嗡嗡响，说话根本听不见。粉尘弥漫洞内，看不见人，只能看到每个人头上戴的电池灯发出的一点点光亮。大家一开始都还戴着防尘口罩，可只一会儿汗水就让口罩湿透了，湿了的口罩戴着憋得慌，大家索性摘掉口罩继续打。

也正是打风钻工作的特殊性，工兵营里有了这样的说法：谁能打好风钻，谁就是个好兵。

1971年入伍的徐跃俊，个子高力气大，没练多长时间，他便能同时操作两台钻机，成了工兵营历史上第一个"双钻将"。一次进洞，刚打风钻不久，一块大石头砸下来，从徐跃俊的手背上擦过。他咧了咧嘴，庆幸没砸到头上。当时他没觉得怎么疼，打完两米深的炮眼，才觉得手有点发酸，凑到亮处一看，发现血淋淋的手上只剩下4根指头。

冯中青，工兵营历史上第二个能双手打钻的风钻手。1979年入伍，打了11年风钻后，他连走路都没有了力气，1.8米高的身躯弯曲了，双手拿筷子也发抖。

王维亮，工兵营历史上能双手打钻的第三条汉子。他一来到连队，就对风钻产生了兴趣，慢慢琢磨，练习打双钻。当兵第二年，他就成了有名的"双钻将"。一次上夜班，正打着钻，一块几十斤的大石头砸到他头上，安全帽碎了，划破了太阳穴，腿上也划开一道两寸长的大口子。他当场就晕了过去。战友们把他架出洞，送到卫生队，缝针前酒精消毒他才被痛醒。处理完后，他感到没事了，心想得把一个班干完，就一拐一拐往洞口走。过了一会儿，卫生队不见了他的人影，便上报团指挥所，派人到处找他，才知他又上了工地。

小战士大专家

志愿兵吴海民已与山洞朝夕相伴13年。望着山洞，他在心中反复地思考着：是现在就走，还是留下来呢？像他一样优秀的老兵很多都走了。他干满了12年的服役期，本也可以问心无愧地走，但山洞离不开他。一条新的坑道刚刚在图纸上诞生，需要他开掘坑道口。

1983年7月的一天，坑道掘进正在紧张进行，突然轰的一声巨响，上千方的岩石坍塌下来，出现了罕见的大塌方。塌方长度为20米，顶高13米，跨度6米。这突如其来的险情，像一只凶狠的"拦路虎"挡住了掘进的

主播：江麦克

微信扫码，
配套音频随身听

道路。如果险情不能尽快排除，就会直接影响试验进程。

专家、教授和高级工程师很快赶来。他们提出了一些治理大塌方的建议，然而，由于材料、设备有限，实在难以奏效。

零星的塌方仍在继续。因周围岩石松动破碎，每隔一会儿，即使无任何震动，作业面的石层也会自动往下塌落几方乃至几十方。吴海民向负责坑道工程施工的副团长提出了一个大胆的治理方案：喷浆支护。

次日上午，沉寂了3天的洞口站满了人，领导、专家、工人、士兵，还有医疗小分队的同志也到了施工现场。吴海民和他的排险小分队共18人，在和大家握手告别后，便大步走进了黝黑深邃的坑道。

把队员们安排在安全点后，准备登上作业台的吴海民对十一班班长刘刚说："下面由你负责，注意听指挥，如果情况不对，你就组织大家赶紧撤离。"刘刚说："放心吧，我们会特别小心的。"

吴海民抱起喷头冲上了碎石段，待各项准备工作就绪之后，他大喊一声："开始！"在打开阀门的一瞬间，由于风压过大，只听轰隆一声，塌落下来五六方碎石。他赶紧喊道："风压小一点，再小一点，好！"洞内作业面窄，中间又不能站人，他只好站在拱架两边的立柱侧面与岩石的空隙内，一会儿弓着腰，一会儿侧着身，对准开裂的岩石进行喷射。每一个"点射"后，随之而来的是碎石轰隆隆的塌落声，整个洞内灰尘弥漫。

在几天的排险施工中，为了把安全留给战友，他总是独霸着喷头，每天坚持连续工作12个小时。这样的工作让他浑身是泥水，脸上也被尘灰和水泥浆弄得面目全非。但他在这样的情况下，仍旧怀抱喷头，时而站在随时会塌落的裂石下，时而爬到仅有45厘米高的拱架上部与岩石之间的空隙内，像"燕子衔泥"一样，一点点、一层层逐步扩大喷浆面，最后形成整体。

由于长时间喷浆，他的手被水泥烧破了，眼睛被高压喷浆弹回的砂石打肿了，脚也被靴子内的污水泡烂了。这些他全然不顾。他心中只有一个念头：一定要把它拿下。

实践证明"喷浆支护"方案切实可行，只是施工两天后，吴海民觉得采用"三水环喷头"容易堵塞，回弹量大，安全系数小且不便操作。他反复琢磨后发现了问题的关键：一是戈壁石层和施工用水的盐碱含量大，矿物质多，导致黏结力差；二是喷浆机的水环孔设计容易造成堵塞，导致供水障碍。如果改装喷浆机头并调整水泥浆配方，问题便可以解决。

第3天进了洞后，他边实践边摸索。他大胆地将三水环改为长喷头大水孔的单水环，将干配料改为混合潮湿料。这样一试，效果相当好，既减少了灰尘，使工效提高了三四倍，又使每米节约了近800元的成本，回弹量也达到了国家标准。专家们对这项试验的成功给予了很高的评价。

一天上午，当吴海民站在2米高的梯架上喷浆时，一股碎石突然滚落下来，冲倒了梯架。他摔了下来，紧接着，奔流而下的碎石死死地压住了他的双腿，让他当场痛昏过去。当时，由于灰尘飞扬，洞内什么也看不清。刘刚狂奔过来后，还以为他被埋进了碎石里。刘刚边找边喊："副排长，副排长！你可不能死呀！"待尘土散落得差不多了，刘刚和战友们才发现了他。好在他只被碎石掩埋了双腿，于是大家立即把他扒了出来。吴海民醒了之后，大家劝他休息休息，他感到自己的腿还有知觉，便说："你们年纪还小，这里太危险。我有经验，还是我上吧！"他又吃力地站起来，咬着牙，忍着痛，爬上了碎石段，继续工作起来。

经过排险小分队连续数天的奋战，险情终于排除，掘进的通道终于打开了。

新的坑道喷浆支护方法改变了多年来用圆木支护平洞的传统做法，获得了科技成果奖，吴海民也被专家和战友们亲切地称为"小战士大专家"。

青春的旗帜

在核试验工程建设中，虽没有炮火和刀枪的对杀，却随时伴随着流血和牺牲。那些逝去的生命，就像一面面青春的旗帜，永远在罗布泊大漠上飘扬。

刘海林就是这样的一面旗帜。

作为一名工兵，排哑炮是刘海林的老行当。当兵两年多，经他排除的哑炮已不下百颗。1979年8月23日黄昏，工兵团在施工中又发现了几颗哑炮。刘海林以班长的身份强行争取到了这次排哑炮的任务。第一颗被他小心翼翼地排除了，他转过头挥了挥手，示意伏在路边的战友不要动。第二颗排除了，他

主播：涧水

微信扫码，
配套音频随身听

由于历史原因，逝者的资料失却。我们永远怀念为中国核试验事业做出贡献的人们。

▲马兰革命烈士陵园

又挥了挥手，脸上挂着胜利的微笑。战友们强压着狂跳的心，屏息紧盯着他的身影，等待他的第三次挥手。可他还没来得及做任何手势，一声闷响，在他趴着的地方，尘土骤然腾起。战友们只在30多米的高空看到了一块飘荡的红布片，那是刘海林爱穿的红背心，是他入伍时妈妈用积攒的鸡蛋换来的。

妈妈说，穿上它可以避邪！

战友们痛哭着，呼喊着他的名字，却只有大山发出沉痛的回音。举行葬礼时，棺材里显得很空荡，整整齐齐放了套新军装，袖管和裤腿处各放了一块捡回的残骸，领口处战友们用一顶镶有军徽的帽子，代替了他高贵的头颅。棺材很轻、很轻，分量却很重、很重。

烈士走了，他才19岁。当死神骤然降临时，19岁的生命，就化为那TNT的能量，核火般烧为灰烬。19岁的生命，走得轰轰烈烈、震天撼地。

有人说，和平年代的军人，纵有捐躯报国之志，也难有冲锋陷阵之时——牺牲离他们太遥远。然而在试验场，这些牺牲的战友，他们一如那些沙场征战的将士，把自己的生命慷慨地交给了祖国神圣的事业，他们用行动体现着和平时代军人的价值。

生命是高贵的，他们的生命也同常人一样，属于父母亲人，属于朋友恋人。但当祖国需要的时候，他们比常人多了百倍的勇气，毅然以身许国。他们中的许多人，在戈壁大漠默默无闻地奉献，从不被外界所知。他们中有的人甚至没有戴过军功章，只在烈士陵园的墓碑上刻着名字，但他们是让人肃然起敬的。

这是一种精神，一种无私奉献的马兰精神。他们永远在荒漠大地上燃烧着，永远活在人们的心中。

谢德成，生命的年轮刚刚转过第29个年轮，青春的热血正似太阳般燃烧，然而洁白的床单却盖住了他那瘦小的身躯。他静静地走了，虽没有留下一句话，却在罗布泊留下了一个赤子忠魂。

1986年10月，这位彝族农家的小伙子，从四川盐边的一个小山村入伍来到了罗布泊。

"当兵就要当个好兵，干什么都要干出个名堂来。"这是他对自己的要求。分配到炊事班工作，他主动把连队的养猪任务包了下来。猪圈离营区有几百米，他每天提前起床，先煮好两大锅猪食，再把猪圈清洗一遍。一天三顿猪食，仅提水他就要来回跑20多趟。

这年冬天，一头母猪产崽，他把铺盖一卷就搬到存放饲料的小房子里，在那里日夜守护着。小猪生下后，他细心地用毛巾把小

主播：王龙胤

微信扫码，
配套音频随身听

猪擦洗干净。母猪奶水不够，他就买来奶粉，精心喂养小猪。一年下来，存栏生猪增加了几十头，不仅给营里增加了16000元收入，还让大伙肚子里有了油水。全营同志一致为他请功，在全团新战士中他第一个戴上了三等功的奖章。

第二年他被调整到建井班工作，领导看他爱学习，脑瓜子灵活，就让他当司钻手。面对许多复杂的仪表、按钮，他有些发愁，但没有退缩。他把有关资料装在衣兜里，一有时间就拿出来琢磨，虚心向老兵请教。不到一个月，他就能独立上岗了，既当司钻手，又当机修工。钻机的液压管堵了，来不及清洗，他就用嘴吹，用衣袖擦，常常弄得满身泥污。由于过度劳累，有几次他竟晕倒在司钻台上。

担任班长后，他所带的班内务每次都是第一。他的班，成了营里的示范班，还连续两年被评为先进班。

当选为团支部副书记后，他把团支部生活搞得风生水起。他所在的团支部被评为先进团支部，他也捧回了国防科工委颁发的"贡献章"。

"当兵9年，凭着这么一股劲头，他不仅在哪个岗位都干得有声有色，而且遇到危险总是让别人往后躲，自己往前冲……"谢德成的战友流着泪说。

钻井作业的基础工程是开挖导向井，这是一项艰苦而又危险的工作。在十多米深的作业面上，风钻机一开，粉尘弥漫，震耳欲聋，井壁乱石会随时掉下来砸伤人。每当遇到破碎段或塌方点，他都不惜连干几个班次，直到把危险区排除掉，才交给下一作业组。有一次，他正在清理井内石渣，突然发现井壁上一块脸盆大的石头松动滑落。他扑过去，把战友推到了一边，自己的右腿却被石头砸得鲜血淋漓。

1993年10月的一天，由于工作时间过长，起重机的发动机骤然起火，随时都有爆炸的危险。正在施工的他来不及多想，脱下棉衣便冲上去拼命地抽打。火被扑灭了，他的双手也被烧伤了。

1995年5月8日，他所在的作业队担任井架挺杆起竖的任务。当晚23时30分左右，两台起重机将挺杆吊离地面时，其中一台起重机吊臂已达到最大高度，必须摘掉钢丝绳重新调整位置。正当甘述平、刘生伟两位战友准备爬杆作业时，他不顾当晚已4次高空作业的劳累，朝他俩喊道："上面危险，我来上！"说完，他再次攀上了约16米高的挺杆。在完成作业准备下来时，悬吊挺杆的钢丝绳突然断裂，他随挺杆一起坠落，倒在了血泊中……

将军流泪了，为失去一位憨厚能干的好兵心痛惋惜。战友们不相信他会死，轮流对他进行人工呼吸……

那天，正是他女儿一周岁的生日，他寄给女儿的礼物刚刚到家。他妻子接到部队电报，说她爱人病重，让她过来照顾，她就抱着女儿赶过来了。她想，他那么健壮的人会有什么病呢？得个急性阑尾炎、肠胃炎什么的倒有可能。没想到这次她的丈夫是真的"病"了，而且再也不需要她照顾了。

在向遗体告别时，刚刚会说话的女儿伸着小手摸着谢德成的脸，一声声叫着"爸爸""爸爸"。这是谢德成最想听到的声音，可他再也无法回应女儿的呼唤了……

谢德成不幸牺牲的噩耗传到家乡后，几百名父老乡亲连夜奔到县城要求到部队为他送行。县委书记、县长说了许多好话，才把大家劝回。

他所在乡的书记说："这孩子从小就有副热心肠，一直把为别人排忧解难当成自己的责任，乡亲们都很疼他。一次他去走亲戚，途中看见一位素不相识的大嫂蹲在路边哭。他走近一问，才知道这位大嫂用马驮着一口袋刚买的粮食正往家里走，可马突然发病，倒在了路上。他二话没说，背起粮食步行四五十里山路，送到了那位大嫂家中。放下粮食后，他又同其家人一起把病马拉了回去。"

类似的感人的事，还有很多、很多……

谢德成，一名普通的士兵，凭着一颗爱心和对事业的执着追求，走出了一条平凡而辉煌的人生之路。

很多工兵团的战士，无论入伍多久，都不想让家人知道自己是名工兵。他们说自己在部队吃苦，但不想让父母知道，不想让他们为自己牵肠挂肚。

他们在平洞里与雷管、炸药、岩石打交道，打钻、扒渣、回填、开挖，没有一个人说过怕字，却独怕照相、摄像。一看记者来了，就都一个劲地往后缩，赶紧低着头干自己的活。一次，部队电视台《赤子忠魂》摄制组，在坑道里对准"双钻将"王维亮拍摄时，他竟用一只手把脸遮住了。

相对于王维亮，赵占元、张跃青、刘卫华三名扒渣手做得要含蓄而有意思些。对着摄像机，三个精壮的小伙子倒退着扒渣，把汗淋淋的光脊背对着摄像机镜头。装渣的时候，脸部

主播：朱轩

微信扫码，
配套音频随身听

▲ 罗布泊创业者在工作中

不得不扭过来时，三只手不约而同地把安全帽往下压了压。有一只手以为别人没注意，竟悄悄地把黑乎乎的石浆水往脸上抹。

记者出了山洞，营长焦常贤赶忙拉住记者说："我们那几个小战士让我告诉你，这个片子要是到中央电视台放，千万别把他们的镜头放出来。他们写信从来没敢告诉家人自己是打山洞的，这么苦，怕家里亲人们知道了难受……"

在他们心灵的天平上，事业，这重于一切的砝码几乎凝聚了全部的情感。但他们为事业辛苦拼搏的样子，又是最不忍让父母看到的。

三双变形的手，粗糙得无法形容，甚至有些不忍直视。他们的大拇指由于长期握铁簸箕，已经不能弯曲，指甲盖很厚，几乎是堆在指头上。这样的扒渣手，这样变形的手，就是许多工兵的手。这是母亲赋予的手，这手无愧于母亲，却又不忍心展示给母亲。可以设想，那位把黑乎乎的石浆水抹在脸上的小战士，即使母亲真能在电视上看到他，他也会说："妈妈，那不是我！"

几十年来，这个团不知有多少像他们这样的官兵，在工地、在山洞，燃烧着一腔热血。他们每天重复着艰苦而又枯燥的高强度体力劳动，创造着看似平凡却很伟大的业绩，谱写着一曲曲感人至深、催人泪下的青春之歌。

很多到马兰参观的人，看到工兵艰苦劳作的样子，都忍不住流眼泪。人们这样深情地评价这些可爱的战士：他们那么朴实，那么纯洁；他们可能说不出什么来表达他们自己，但他们干出来的那些成绩，却是无与伦比的；他们，都是祖国的好儿子。

或许，会有那么一天，他们会对母亲，对所有人说："那就是我！"

艰险的井下作业

人们常用广阔、空旷、荒凉来形容戈壁大漠，说这里最可看的风景是太阳、月亮和地平线。然而，对钻井部队井下作业人员来说，连太阳、月亮都不属于他们，甚至连空旷、荒凉也不属于他们。属于他们的只有地平线几百米以下的作业面，那里阴冷、黑暗、狭小、水淋淋、湿漉漉而且时时充满危险。

当初的地下竖井试验需要干井，成井后要下井打眼封水。下井作业的战友，戴上安全帽，在棉衣外面套上雨衣，系上安全带，跳进吊罐，随着吊罐慢慢往井下降。站在悬空的吊罐上往下看，几百米深的井筒黑黝黝

主播：邢珺锐

微信扫码，
配套音频随身听

的，一眼望不到底，让人觉得异常恐怖，浑身都起满鸡皮疙瘩。

罗布泊的地表极度干旱，地下水却很丰富。稳车带动钢丝绳控制吊罐徐徐下降，下到几十米深时开始有"细雨"，100来米深时就已是"瓢泼大雨"了。吊罐时不时地碰到井壁，发出嚓嚓的声响，更让人添了几分恐慌。在两头不着地的井筒中间，向上看井口只有碗口大小，向下看漆黑一片。上面井壁不停地向下喷水，人几乎就在水中作业，这场面被官兵戏称为"井下水中高空作业"。

井下水中作业，真是难上加难。不足4平方米的作业面，一根抽水管、一根高压风管、一架风钻、一架注浆机，这就是井下作业的平台和工具。一个班3个人乘吊罐晃荡20来分钟，才落到井下作业面上。到了作业面，大家一起用风钻打好眼，再怀抱着高压喷枪，把化学浆液灌进岩缝，喷向井壁。风钻吼声震天，井筒上的破碎岩石和着渗水四处弥漫，令人窒息。

冬天，水顺脖颈和袖筒流进去，和汗水搅和在一起，一出井口，寒风一吹，立马冻结成冰块。由于长时间井下作业，没有规律的饮食作息，许多战士出井后吃不下饭，肠胃疾病、关节炎、皮肤病成了下井人的常见病。

在井下作业，不光艰苦，还时刻面临死神的威胁。每天坐着特制的吊罐下井上井，既要胆大，又要心细，时常要防着井口掉东西，掉下的每一块小石头、每一颗螺钉都有致命的危险。

1983年6月的一天，井口突然断电，电机设备全部瘫痪。3名战士在井下作业出不了井，抽水机一停，每小时几吨的涌水让井内水位不断上涨。井下漆黑如墨，信号中断，地下水很快就会吞噬3名战士。司令员李光启闻讯带领人员赶来，立即决定用400多米长的钢丝绳把吊罐与推土机连接在一起。一场紧急抢险战斗在司令员的亲自指挥下展开。

谁都清楚，此时下井，万般危险，生死难料。党员、干部纷纷请战，已下班正在休息的班长王立升是被急促的哨声惊醒的。他跑到井口，对司令员说："报告首长，我熟悉井下作业，请求下井救人。"司令员从那一张张无畏的面孔中选中了王立升。"立即准备好，下井！"司令员发出了命令。

停，敲一下；拉，敲两下；放，敲三下；人还活着，敲四下！原始的联络信号已规定好。

王立升穿上棉衣、雨衣，戴好安全帽，扎好安全带，一手拿着敲信号用的铁锤，一手拿着手电，迈着坚毅的步伐，走向井口……

"放！"口令从站在井口的司令员口中发出。

推土机1米、2米、3米……向井口移动，钢丝绳拉着王立升1米、2米、3米……接近作业面；全体官兵的目光都盯向井口。

咚、咚、咚、咚——井下传来铁锤撞击罐壁的声音，这是把生命的声音送上地面。咚、咚，装在井壁的导向轨传来胜利的信号。

"拉……"

"快救王班长，他还在井下。"刚刚上来的余长群说。大家稍稍放下的心又悬了起来。原来抢险的吊罐只能站3个人，王立升把生的希望留给了战友，而将死的危险留给了自己。

两个多小时过去了，当王立升面色苍白，满身泥浆，跨出死神的门槛时，班里的几位战友一起上前，和班长紧紧拥抱在一起。

如今，"井下水中高空作业"已成了马兰人辉煌而壮丽的历史。

无法偿还的人生欠条

"举杯邀月，恕儿郎无情无义无孝；献身科研，为祖国尽职尽责尽忠。"这副对联在马兰家喻户晓，流传了很久。

1994年元月的一天，一封"父肝癌晚期，生命垂危，盼速归。妻"的电报送到了专业军士涂庆荣手里。当时施工任务正紧，涂庆荣心里明白自己是技术骨干，离不开。掂量再三，他一声不吭地把电报揣进了怀里。过了半个月，任务完成了，他才急匆匆地登上回家的列车。

看到病床上面色蜡黄的老父亲，涂庆荣的心像刀割般难受。这段时间，他在相距100

主播：关蕊

微信扫码，
配套音频随身听

多公里的老家和医院之间来回奔忙，一边伺候父亲，一边安慰母亲。假期眼看就要到了，父亲的病情却一天天在加重，医生说最多只有一个月了。

祸不单行，患肺气肿已20多年的老母亲又病倒在床上，涂庆荣也因劳累过度导致胃出血。他只能一边照顾父母，一边悄悄地给自己治病。部队来电报了。看着奄奄一息的父亲，再看看整天泪流满面的母亲，涂庆荣张了几次口都咽了回去。

他把归队的想法告诉妻子，话刚说了一半，就让妻子堵了回去："父母病成这样了，你怎么忍心离开？"那天夜里，他在床上翻来覆去折腾了一宿。走吧，实在对不起父母；不走吧，任务又确实需要。这时他想起了部队营门上的这副对联。

第二天，涂庆荣拿起笔，沉重地写下了"举杯邀月，恕儿郎无情无义无孝；献身科研，为祖国尽职尽责尽忠"。他含着泪把这副对联贴在了家里的大门上，又把"无情无义无孝"贴在了妻子的床头，并到妻子单位为妻子请了假。

车票买好了。涂庆荣有生以来第一次在父母面前撒了谎，一个永远无法弥补的大谎。他对父亲说，回家看看母亲，让妻子照看他。回到家，他又对母亲说，准备去医院照看父亲……

飞驰的列车载走了一个在父母面前永远"无情无义无孝"的儿子。

就在归队后的第13天，在罗布泊的试验工地上，教导员默默地递给涂庆荣一封电报："父故已葬，保重勿念。"涂庆荣再也忍受不住内心的巨大悲痛，朝着家乡的方向，咚的一声跪在地上，放声大哭……

每次探亲，涂庆荣都要写上那副对联，放在父亲灵位的两侧，然后恭恭敬敬地跪在地上，久久不起。他在乞求，乞求九泉之下的父亲原谅他这个"无情无义无孝"的儿子。

这里的官兵最懂得爱，他们爱得痴情、爱得痛苦、爱得无奈、爱得深沉。他们从走进马兰起，就打起了欠条，一张世界上最长的欠条，一张感情的债务欠条，一张无法偿还的人生欠条。

为了特殊的任务，为了神圣的事业，他们失去太多、太多。正是这太多的磨难和牺牲，才使我们祖国的天更蓝，水更清，橄榄枝更绿。

1978年10月，我国第一次竖井试验圆满成功。它的成功，离不开担负这次任务的技术总队六大队全体人员的付出。

国庆节刚过，核弹已放置于几百米下的井底，一切都在井中就位，进入最后的回填工序。

井场上，运料车、推土机来回穿梭，石子、沙子、水泥堆积如山。一场"零前"大会战打响了。

突然，出现了一个巨大的险情：往井下输送速凝水泥的流沙管被堵，溢出的水泥浆迅速将井底岩壁和产品导向绳、取样钢丝绳

主播：阿斗

微信扫码，
配套音频随身听

▲钻井

凝为一体。

试验场笼罩着一种前所未有的紧张气氛。如不迅速排除险情将影响试验任务，必须派人下井截断流沙管。

几百米的深井中，放满了密密麻麻的流沙管、产品导向绳、取样钢丝绳，还有成束成捆的各种电缆。而建井时的照明设备已拆除，重新安装已来不及。这时下井排险，无疑是艰难而危险的。

　　危险面前，六大队官兵齐刷刷列队，纷纷要求下井排险。指导员李文想：有干部在，就不能让战士下去冒这个险。"我和一排长先下，二排长和五班长接替我们。"经现场首长批准后，李文大声宣布了决定。

　　李文和一排长李奉北乘坐临时用小绞车牵引的罐笼，艰难而缓慢地下井。他们既要稳住吊罐防止罐翻人亡，又要防止碰撞电缆影响试验任务。井壁渗水浇湿了衣服，井下冷风袭人魂魄，但这些他们都顾不上。他们全部的心思，都高度集中在争取时间排除险情上。

　　故障就在井底已就位的核弹上方不远处。手电光中，几根粗大的钢丝绳与流沙管死死地绞在了一起。他们向井口打信号报告情况后，便用随身带下来的短钢钎撬动起来。李奉北连撬几下，钢丝绳纹丝不动。他猛一用力，不料钢钎弹过来打在了鼻子上，鲜血顿时顺着鼻孔涌了下来。李文正要向井口报告，李奉北一把抓住信号器："鼻子破了，流点血没事。刚下井一会儿就负伤，对后面的同志会有影响。快，别耽误时间了。"水顺空落下，血还在涌出，流淌在他脸上的已不知是血、是水还是汗了。

　　4个小时过去了，已超过了规定的作业时间。准备接班的二排长安胜奎和五班长金进早已等在井口。国防科工委领导张震寰指示信号员发信号让李文和李奉北上来。又过了两小时，两人上来了。脸色苍白、鼻孔和嘴上沾满了血块、浑身滴水的李奉北，刚走下罐笼就晕倒在地。看到此情此景，所有人都吓了一跳。

安胜奎、金进接过他们手中的钢钎，继续下井排险。随着时间流逝，守候在井口的首长和战友们也越来越焦急。一分一秒，对现场每个人来说，都是万般煎熬。

又是4个多小时过去了，终于从井底传来了胜利的信号：故障全部排除。

全场一片欢腾，张震寰激动地对司令员张志善说："要为他们记功，记功！"

这次试验圆满成功后，技术总队六大队共有75人立功。司令员张志善更是亲自为指导员李文、一排长李奉北、二排长安胜奎、五班长金进佩戴了二等功军功章。

▲职工在努力工作

王成富是一名钣金工。他驼着背，黝黑、粗糙的脸上无半点光泽。不善言辞的他，攥了一辈子铁锤，在罗布泊捶打了近40年。人们习惯性地称他为"老黄牛"，一头

主播：团子

微信扫码，
配套音频随身听

任劳任怨、永不辍耕的"拓荒牛"。

1957年底，18岁的王成富参军来到了工程兵部队。1959年，他随部队来到马兰。在工地上，别人担水泥供4个人用，他担水泥供12个人用。他那体重不足50公斤的矮小身躯不停地穿梭，迸发出超人的勇气和力量。修筑机场跑道时，每天要在烈日下工作12个小时，体力消耗很大，但因那是"勒紧裤腰带"的年代，每人中午仅发4两馒头。为了保存足够的体力，中午收工回来，他总是先灌满一肚子凉水充饥，起床后再把中午发的馒头吃掉，接着去工地上班。

1960年底，服役期满的老战士将要脱下军装，一部分复员返乡，一部分留下来改为职工。面对这荒无人烟的戈壁大漠，他清楚留下来意味着什么。但为了这伟大的事业，他还是说出了"我愿留队"这四个字。

王成富脱下了那身他热爱的绿色军装，干上了普普通通的钣金工。尽管他的工作琐碎而又繁忙，每天都是和铁锤、铁钳、铁皮打交道，尽管每次任务他都没有看到蘑菇云（这给他留下了最大的遗憾），但他始终没有抱怨过。

一次重要任务中，一条百米长的通风管道的大弯头成了加工的难题。王成富吃不好睡不好，忘了白天和黑夜，在幽暗混浊的坑道里叮叮当当地不停敲打。终于，6米长的大弯头制成了，两段长长的风管连在了一起，阴暗的山腹和清新的世界连在了一起。

1976年，又一次任务迫近，厂领导找到王成富，把一项120套通风管道的加工任务交给了钣金组。按工时计算，这个任务需要90天才能完成，可规定的期限只有60天。他二话不说，从此和组里同志日夜加班加点干。经过他和钣金组的同志连续54个日夜的拼搏，120套高质量的通风管道提前加工完成了。

一次加工中，经预算下发了6吨铁皮。王成富凭工作经验，想方设法合理下料，一张铁皮，比来画去，一个弧、一个弯，都反复掂量，边角料也不放过。最后，钣金组仅用4吨铁皮就完成了任务。

王成富只是一名普通的钣金工，干的也是平平凡凡的事情。但因为他把平凡的事情做到了极致，赢得了大家的称赞和高度认可。他先后获得11枚军功章，4次受到国家领导人的接见，并荣获"全国五一劳动奖章"。

设备制造『土专家』

在我国第一颗原子弹爆炸成功的新闻纪录片中，有一组镜头对准了一个叫马奎湖的工人师傅。马奎湖师傅凭一手娴熟的技艺，攻克了设备制造中的一道道难关，帮助科技人员解决了许多难题。因此，他被大家誉为"土专家"。

一次试验时，一位教授设计了一张做金属盒子的图纸，要马奎湖尽快做出来。可场区没有这么厚的钢板，从外面运进来的话时间上又来不及。马奎湖提出用薄一些的钢板代替，教授说不行。教授告诉他每平方米盒体承受的压力不得低于多少公斤的压力。根

主播：徐吉

微信扫码，
配套音频随身听

▲工人师傅在攻克技术难关

据经验，马奎湖判定完全可以用薄一些的钢板替代。教授还不相信，他拍着胸脯保证："我按你的要求割孔，再将钢板改造一下，到时候做出来的盒子，保证没问题。"当教授看到做好的盒子时，握着他的手说："你真有办法。"

大气层核试验，在爆心四周要摆放飞机、大炮、坦克等效应物。这些东西大部分要靠大拖车拖进去，爆后还要拖出来。部队引进几台40吨的大拖车，但使用不久后，有的大拖车的增压齿轮就坏了。没有相应的齿轮配件，到大城市去请求帮助加工，都说生产这种齿轮，必须制造专用设备，要几千个可以，要几个没法弄。部队最后找到马奎湖，他一看，就说可以用土办法干。这种螺旋齿轮，里外齿的误差不能超过0.03毫米。他就在一个大盘子上划分度线、铣齿、对接……最后还真鼓捣出来了。安上一试，完全符合要求。

有次试验是在戈壁滩花岗岩层打的井里进行的。一开始部队引进的是带锥形钻头的钻机，打井偏差很大，不行。技术人员设计了一种平钻头，生产任务下达给了修配厂。

将锥形钻头改为平钻头，要重新制作安装平钻头的大刀盘。可车床只能车直径80厘米的部件，而制作的大刀盘直径达2.5米，生产需要与实际能力相差悬殊。领导找到马奎湖后，他把任务接了下来。

马奎湖的方案真是绝了：用两台车床干一个活。他先将两台车床按"丁"字形安装，然后把一台车床的床头扭转用来装加工件，另一台车床走刀具进行加工……

正在安装大刀盘的时候，马奎湖接连收到父亲病重和病故的电报。领导几次征求他的意见，问他回不回去。他也真想回去见父亲最后一面，为父亲送终。可这里的工作离不开他，他也很清楚手中的活的分量。他含着泪说："我不回。"那段时间，他忍着巨大的悲痛，天天在机床旁忙碌，用对事业的挚诚来弥补内心对父亲的亏欠。

到了车大刀盘最紧张的时候，他一连17个昼夜没离开过工房，一日三餐全是老伴送到车间。有时老伴送饭来了，他一刀还没有车好，就顾不上吃饭。过了一会儿，老伴看饭凉了，只好提回去热一热再送来。再送来时又赶上他车下一刀，老伴又只能等着。就这样，有时一顿饭要给他热几次。

大刀盘如期交付使用了，在戈壁滩打出了一口口合格的竖井，为我国地下核试验做出了重要的贡献。

从此，马奎湖的名字也如大刀盘一样，轰动了马兰城。

不谢的马兰花

走进马兰革命烈士陵园，天青云轻，绿草茵茵，挺拔的白杨吐出翠绿的嫩芽。正方形的马兰红花岗岩底座上，矗立着由中国工程院原院长朱光亚题写碑名的马兰革命烈士纪念碑。

一排排汉白玉墓碑下，长眠着革命烈士。他们为了祖国的核事业，献出了宝贵的生命。他们犹如一簇簇永不凋谢的马兰花，共同簇拥着这块承载马兰精神的纪念碑。他们中，有一等功臣武桂芬。

1960年，刚满19岁的武桂芬，从护校一毕业就应征入伍来到了部队所在的医院。她很热爱白衣天使这个职业。来到罗布泊，更让她感到自己所做的工作与祖国强大的事业紧紧联系在一起，幸福自豪中充满了自信和坚定。

不论在哪个工作岗位上，她总能出色地完成组织上交给的各项任务。

她热忱为伤病员服务，把全部心血倾注在工作上。她所在的科曾收治一名危重病人，口腔和咽部患有重度溃疡，饮水、吃饭

主播：晨歌

微信扫码，
配套音频随身听

▲马兰革命烈士陵园

和服药都十分困难，她就主动为病人做口腔护理，并承担给病人喂饭的任务。有时，一顿饭凉了再热，热了又凉，需要反复折腾四五次，但她总是不厌其烦，像对待自己的亲人一样尽心尽力。

她走到哪里，就把好事做到哪里。她曾在火车上扶老携幼，为旅客扎针治病，替丢钱的老大娘买票……

1970年6月的一天，作为外二科护士长，她负责运送几名伤病员从试验场到部队医院。救护车向马兰疾驰，在一个拐弯处，车子失控侧翻到了路边的沟里。

武桂芬身负重伤，有生命危险。但是，她想着自己是一名医务工作者，救死扶伤是自己的职责和使命，而且自己还在执行转运伤病员的任务。她忍着腹部被撞伤的剧烈疼痛，强撑着想爬起来。可是，一阵眩晕又令她倒了下去。不知过了多久，武桂芬才醒来，她强撑着爬到战友们的身边，开始检查他们的伤情，给他们做简单的包扎处理，并把受伤的战友搀扶到一边坐起来。

"坚持住，一定会有过往的车来救咱们的。"她一遍遍地对大家说。

她的声音虽然很微弱，语气却是那么刚毅坚定。

过了一会儿，终于等来了一辆路过的车，把他们送往了医院。

到了医院，她强忍着伤痛，一边招呼医务人员抢救受伤的战友，一边向领导汇报战友们的病情和发生车祸的经过。她脸色越来越苍白，汗水沿着她的发梢往下流，不一会儿她的全身就都湿透了。

领导和医护人员似乎觉察到了什么，让她躺到病床上为她检查。在检查过程中，她还检讨说自己没有完成好任务，请求组织给予自己处分。谁能想到，这些话竟成了她的临终遗言。

战友们得救了，她却倒下了，从此再也没有醒来。那一年，她的生命永远定格在了第29个年轮上。

为了祖国的脊梁挺立，生命的鲜花猝然凋谢。

1964年，褚玉成大学地质专业毕业。作为一个品学兼优的高才生，许多单位向他伸出了橄榄枝。当听到罗布泊急需地质专业人才时，他毅然决然选择了那里，并为之奋斗终生。

1965年春节刚过，褚玉成就随勘查组从北京奔赴新疆罗布泊。阳春三月，祖国很多地方已是柳雾轻漫、绿草茵茵，而此时的西北戈壁荒原，雪花还在朔风中打着旋、扎着堆。

他们带着被戏称为"三件宝"的地质锤、罗盘、风镜，将大头帽、大头鞋、皮大衣等能戴的都戴上、能穿的都穿上，在陡峭的山间攀行，在遍地砾石的戈壁大漠上穿梭，对试验场区的地质状况进行全面勘查。

搞地质工作，长年在野外奔波，辛苦是当然的。而在大漠荒原，冬天需顶着寒风，夏天要冒着酷暑，加上戈壁滩上无遮无掩，更是危险和艰辛。每天一早，他们就背上两

主播：张尚青

微信扫码，
配套音频随身听

壶水，带上干粮，拿着地质锤，走进戈壁荒原，这里敲敲，那里看看。

山地勘查遇到陡坡时，他们先是手脚并用，又蹬又爬，爬一会儿力气不够了，只好用手抠着石头、岩缝爬，身子一下一下挪动，爬一会儿歇一会儿。碰上表面风化严重的山体，已不能靠手脚攀登了，他们就把手中的地质锤砸进岩石中，拉着锤子一寸一寸往上爬，不一会儿手指头就被磨破了，全是血。

不知道迎送了多少个严寒酷暑，也不知道经历了多少次风餐露宿，他们终于踏遍戈壁荒原的每一个角落，将试验场区的地质条件摸得一清二楚。凭着科学求实的职业态度和高度负责的使命意识，褚玉成对整个场区的地质构造烂熟于心，成了罗布泊地质方面的权威，也是大家眼中公认的地质状况的数据库和活地图。

有一次试验，为了测得准确的数据，他们需爬到每一个裂缝口，来回多次测量。当时正值炎热的7月，试验结束后，褚玉成和调查组3人，穿着防护服、防化靴，戴着口罩，捂得严严实实，前往爆区作业。两小时下来，汗水不仅湿透了他们全身，还流到了靴子里，以至于走起路来，防化靴里噗噗直响。

20世纪80年代中期，褚玉成所在的单位往外搬迁。对在戈壁大漠工作了20多年的他来说，这是一次和家人一起离开大漠的好机会。但考虑到技术室刚组建，年轻的地质队要有人来带，当上级组织征求他的意见时，他毫不犹豫地选择了留下来。

褚玉成带领室里的同志踏遍大漠，不断拓展新领域，加强人才队伍培养，使技术室完成地质研究任务的能力不断提高。因成绩突出，技术室荣立集体一等功。

1998年，年近60的褚玉成作为专家组副组长、地质学科总负责人，接受了一项重要的地质勘查任务。这次勘查的地方，不是土地贫瘠、人烟稀少的地方，就是雪山深谷、茫茫戈壁的无人区。有的地方风沙刮得人睁不开眼，气温还常常骤变。但无论是在海拔3000米的高山，还是在深不见底的深沟峡谷，他始终走在队伍的前头。

2005年，65岁的褚玉成到了最高服役年龄，接到了退休命令。这时，原单位因工作需要准备返聘他，地方一家公司也同时找到他，极力邀请并高薪聘请。他拒绝了这家公司的邀请，欣然接受了原单位的返聘。

"这样做值吗？"很多人问他，"大半辈子在外面奔波，和家人聚少离多，现在退休了，也该享享清福了。"

"咋不值？"褚玉成反问道，"能一辈子从事国防科技事业，是我的幸运。作为一名党员，不能只考虑国家给了你什么，更要想想自己为国家做了什么！"

2008年6月7日，褚玉成在一次外出执行任务中，不幸以身殉职。68岁的生命，奉献在了他挚爱的事业上。

生命的最后八天

他是一位将军，也是一位院士。他深藏大漠，52年坚守在罗布泊，参与了中国全部的45次核试验任务！他在中国核科学岗位上默默无闻，却因离世前的一段视频，感动了我们！去世后他被追授"献身国防科技事业杰出科学家"荣誉称号。

他就是林俊德。

1960年大学毕业参军入伍后，在单位的安排下，林俊德前往哈尔滨军事工程学院进修。进修完成后他便奔赴戈壁滩，与马兰花相依相伴。3年后，林俊德被任命为科研课题组组长，接受研制测量核爆炸冲击波的压

主播：于建华

微信扫码，
配套音频随身听

力自记仪的光荣任务。经过一年夜以继日的努力工作，中国第一批测量核爆炸冲击波的钟表式压力自记仪在林俊德他们手中诞生了。

1964年10月16日15时，罗布泊的一声春雷，蘑菇云腾空而起。林俊德带着他们研制的仪器，在第一时间准确测得了核爆炸的冲击波参数。

林俊德坚守在大漠深处，把一生默默奉献给了壮丽的事业。

2012年5月底，这对很多人来说，只不过是一个非常普通的初夏，可是对林院士来说，却是他生命倒计时的时刻。在一家医院的病房里，靠仪器维持着生命的他，还在忙碌着。他的生命最

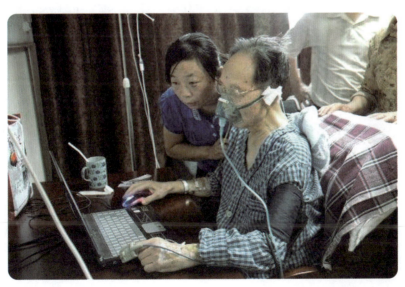

▲林俊德院士在病房坚持工作

后8天，让无数国人感动流泪。

2012年5月23日下午，已被确诊为胆管癌晚期的林俊德住进了西安唐都医院。他生命最后的8天，是在这里度过的。

5月24日上午，主治医生任医生拿出连夜研究出的治疗方案与他商讨，没想到一听说要做手术和化疗，他当即就回绝了。他说："我之所以没在北京做手术，就是担心影响工作。"没办法，任医生只能实言相告，如果手术，可能会延长一些生命；不手术的话，癌细胞会很快扩散，随时会有生命危险。听完任医生的话，他十分平静地说："如果不能工作，多活几天又有什么意义，我现在最需要的是时间，好完成手头的工作。"

由于林院士执意不做手术和化疗，医院唯一能做的就是给他缓解疼痛，进行营养支持，尽全力延长他的生命。除了检查治疗，一有时间，他就打开电脑操作，翻开本子记录，还多次召集人员开会、打电话交代工作，病房俨然成了他的会议室和办公室。看他不顾病情地忘我工作，任医生多次提醒他要躺着休息，可他总是说："我要抓紧一切时间工作，不能躺下，一躺下就起不来了。"

5月26日下午3时，林院士病情突然恶化，出现消化道大面积出血，他被送进重症监护室。经过一天的紧张救治，血总算止住了，腹水增生也暂时得以控制。这时，林院士却急切地提出要工作，要转回普通病房。考虑到他的脉搏、血压、心率等参数明显异常，医院坚决不同意。无奈之下，他就让老伴找单位出面协调，大家劝他再观察一段时间，可他直截了当地说："这样待着，比死了还难受，要让我多活几天，就让我出去工作。"

5月29日上午9时25分，林院士转回普通病房。回到病房后，他半坐半躺，不停地在笔记本电脑上操作着，额头上满是汗珠，握鼠标的手也在微微颤抖。医生看到后就问他，需不需要打一针镇痛剂。他说："不用，我工作起来感觉不到疼，真的没事！"到了下午5时10分，他突然出现完全肠梗阻，若不及时解除，将会危及生命。会诊后医院提出两种治疗方案，一种是外科手术，也是最有效的办法；另一种是下肠梗阻导管，这种方法就是将3米多长的管子从鼻腔插入肠道。林院士担心手术后可能无法工作，毅然选择了第二种方案。在近90分钟的操作过程中，他疼得面部肌肉变形，却没有喊一声疼。

5月30日下午4时45分，林院士肚皮胀得发亮，心率快得接近正常人的两倍，身体严重缺氧。这样的状态，即便是躺着什么都不干，也是一种煎熬。身体愈加虚弱的他意识到自己剩下的时间不多了，便强烈要求在病房加一张办公桌。身上插着胃管、引流管、吸氧管、输液管，可他在办公桌前一坐就是几个小时。为了减少干扰，他两次要求拔掉引流管和胃管，还不断强调说，带着管子不方便工作，他需要的是时间和效率。

5月31日，是林院士生命的最后一天。

早上他似乎感到死神的脚步已经迫近，从7时44分到9时54分，他先后9次强烈请求下床工作。老伴说不过他，女儿劝不住他，医护人员拗不过他。面对把工作看得比生命还重的林院士，医护人员不忍心违背他的意愿。

10时54分，他颤抖的手已经握不住鼠标，视力也渐渐模糊，他几次向身边的女儿要眼镜。女儿告诉他，眼镜戴着呢。在场的人都劝他休息，面对一声声请求、一双双泪眼，他反复说："不要强迫我，我的时间太有限了。"

11时9分，他实在撑不住了，大家极力劝他躺回病床。他这才最后一次查看了电脑里的文件，艰难地说："好吧，谢谢！"

林院士这一躺，就再没能起来……

"我护理过许多身患绝症的病人，与林院士接触的短短8天，却是我永远难忘的8天。他把病房当战场，坦然面对生死，顽强抗拒病痛，争分夺秒的工作精神深深震撼了我们的每一名医护人员。"在临床一线工作了20年的护士长安丽君流着泪说。同样流着眼泪的责任护士赵俊青是个"80后"，她一直叫林院士爷爷。她说："我从没像今天这样深刻地理解那句传诵久远的诗句——有的人活着，他已经死了；有的人死了，他还活着。"

2013年2月19日，2012年度"感动中国"十大人物揭晓，林院士入选。"感动中国组委会"给林院士的颁奖词是："大漠，烽烟，马兰。平沙莽莽黄入天，英雄埋名五十年。剑河风急云片阔，将军金甲夜不脱。战士自有战士的告别，你永远不会倒下。"

永远的牵挂

2019年，北京市举办了"时代新人说——我和祖国共成长"演讲大赛。73岁的退休教师韩文林，以自己在马兰工作的经历为主线，讲起一个个催人泪下的故事，从8000余名选手中脱颖而出，进入决赛。决赛中，他动情的演讲，他宣扬的马兰精神，又深深地打动了观众和评委，在观众中产生了强烈的共鸣。

韩文林生长在通州，而马兰远在新疆，这个曾经在地图上都找不到的神秘地方，为何竟成了他一生的牵挂？

1965年7月，19岁的韩文林从北京第二师

主播：花溪

微信扫码，
配套音频随身听

▲韩文林演讲中

范学校毕业，被选派到马兰子弟学校工作。16年里，他先后在4所学校任教。

马兰交通闭塞，韩文林就经常请他原来的班主任寄来教学参考书和相关资料，与老师们共享，帮大家解决了许多教学中的难题。

韩文林教语文，说的话京腔京韵，像广播电台的播音员。学生们都喜欢听他的课，也从他那里学会了比较标准的普通话，一生受益。

在546医院学校，韩文林担任校长。当时，有些学生不肯回到学校，他和同事一个个到家里去找。最终，学生一个不少地坐在了教室里。没有教具，他利用探亲时间，一件件地买，再装箱托运，使教学能正常开展。

1967年6月17日，我国第一颗氢弹试验成功。因为提前接到了通知，那天，韩文林和大家一起，站在红山半山坡教学楼南侧，亲眼看到巨大的蘑菇云，亲耳听到那惊天动地的响声，喜悦和自豪无以言表。他第一次感觉到，自己每天平凡的教学工作，是与祖国的伟大事业紧密联系在一起的。

1971年，韩文林入选武桂芬烈士事迹宣传队，参演了一个多幕话剧，赴罗布泊为官兵慰问演出。

在一线，他目睹了官兵手拿风钻、大锤、钢钎、铁簸箕拼命工作的情景。他看到他们的帆布工作服没几天就磨掉了前襟，接着磨破了肚皮，鲜血直流，结了痂又再被磨开……

1981年，韩文林离开了马兰这片他深爱的土地，回到通州。在马兰的16年，是他一生中最美好的青春年华，而马兰也成了他魂牵梦绕的地方。

回到通州，韩文林一直教初中毕业班语文并兼任班主任。他常年超负荷工作，但一想到官兵的工作，再苦再累他也觉得算不了什么。

退休后，韩文林有了闲暇时间，他便拿起笔回忆马兰的青春岁月，从社区、街道活动开始宣传马兰精神。他受邀参加了通州区演讲比赛，获一等奖并被通州区选送进入北京市演讲大赛。

比赛结束，韩文林又入选北京市百姓宣讲团，在北京市巡回宣讲70余场。从穿短袖衫讲到身穿羽绒服，他场场饱含深情，从不敷衍了事，他和他讲的故事让观众感动不已。许多人听完他的宣讲，主动走到他跟前，握着他的手说："您讲得真好，您让我们记住了马兰精神！"

2021年，韩文林和几位英雄模范一起，组成通州区红色记忆宣讲团，再次荣获北京市宣讲比赛团体第一名，并完成基层巡讲。之后，他进一步把宣讲内容扩展成讲座，到学校、街道做报告，受到热烈欢迎。他又到北京人民广播电台做直播，讲马兰故事，活动一个接一个……

最后的宿营地

马兰革命烈士陵园南邻瀚海明珠博斯腾湖，北依雄伟的天山。马兰革命烈士纪念碑矗立在陵园中央。高大的纪念碑，在蔚蓝天空的映衬下，巍然耸立。碑文镌刻着马兰往日的辉煌，记录着为中国核试验事业献身的英烈们的壮举。

1998年9月，为纪念在这项伟大事业中牺牲的人们，基地在陵园中心位置立起马兰革命烈士纪念碑。

安葬在这里的人们，就是为创造这惊天动地业绩而献身的一群中华民族的优秀儿女。

马兰革命烈士陵园长眠着400多名为伟大事业而献身的人。他们中既有功勋卓著的

主播：于建华

微信扫码，
配套音频随身听

▲马兰革命烈士陵园

将军，也有默默无闻的官兵、职工和家属。他们中有的名不见经传，有的事迹鲜为人知，有的没有戴过军功章，还有的甚至连姓名都没有留下来。

他们做着不同的工作，用不同的方式把一生都奉献给了罗布泊。

只有为人民做出了奉献，才会留下充实、温暖、持久、无悔的回忆。

多年后，陵墓重修，墓碑由水泥板改成了汉白玉，碑托用的是黑色大理石，无论是将军、科学家，还是士兵、职工，都一样。朱光亚题写的"马兰革命烈士纪念碑"焕然一新。

从吴应强将军的文字里，我们知道有一种石头叫"马兰红"。

马兰红是一种石头，也是一个长长的故事，更是一种精神的象征。

那一年，吴应强将军遇到一位老人。这位老人拄着拐杖，咧开的嘴里已经看不到几颗牙了，说话很不清楚。老人从口袋里摸出一张纸条递给将军。这纸条上写着他的心愿：死后埋在马兰革命烈士陵园，石头用马兰红！

这位老人叫王庆云，已经84岁了，是马兰的老职工。从1963年调入马兰工作后，王庆云一辈子都没有离开过马兰。这位老职工或许没有想到，自己的心愿会被这位首长深深地记在心中。

响彻罗布泊大漠的那声惊天动地的春雷，早已远去。曾经喧嚣的罗布泊大漠也归于平静。可当你站在这片陵园中时，依然可以感受到那千军万马般火热的创业场面。这是上千名科研人员、大量普通士兵和几千职工一起奋斗的场景，他们如潮水一般涌向大漠，汇聚成了西出阳关的光荣队伍。工兵、汽车兵、通信兵、炊事兵、警卫兵和卫生员，他们在戈壁滩上和科技人员一起干出了惊天动地的大事。

当年王庆云和来自天南地北的职工一样，努力为这支光荣的队伍提供了最基本的生活条件。他们中，有铣床工、电焊工、磨工、酱油伙计、幼儿教师……他们远离家乡，在罗布泊一干就是几十年，不计名利，直至"青丝化作西行雪"。

每一个普通人身后的故事，时至今日依然应该认真地读一读。

无私奉献做隐姓埋名人，彰显的是无私忘我、以身许国的价值准则，是淡泊名利、甘愿牺牲的高尚情怀，是后来的马兰人代代相传的价值坐标。献了青春献终身，献了终身献子孙，这平淡而辉煌的人生三部曲，令我们久久仰望。

马兰红是罗布泊边缘山地的一种红色花岗岩，质地异常坚硬，因靠近马兰而得名。作为从马兰成长起来的将军，吴应强完全理解这位老人的心情。后来，在修缮马兰革命烈士陵园的时候，他完成了老人的心愿，信守了那份承诺，纪念碑的底座和台阶石头改用了"马兰红"。

　　这是一座特别的军阵

　　这里有将军有士兵

有的还无名无姓

这里没有车轮滚滚

这里没有战马嘶鸣

这里只有肃穆寂静

走过这里的人们

也是脚步轻轻

生怕将他们惊醒

　　一位离开马兰的老兵写下了这样的诗句，以此表达内心的那份深情。

　　当你有一天有幸来到这里，一定要认真地看一看这片汉白玉雕刻的墓碑，一定要认真地亲手抚摸一下这石碑上斑驳的纹路。你会发现，至今还有近50块墓碑上，我们看不到姓名和资料。这空白墓碑，震撼着岁月，也震撼着我们的心灵。

　　当年正是他们放弃自我，风雨兼程，用青春和血汗锻造了祖国今天的荣光。

　　一朝马兰人，一生马兰情。如今，离开罗布泊的马兰人，他们正在以各种各样的方式，向未曾来过这里的人们，讲述着那段历史和那些大漠创业者的故事。

　　他们希望且相信：马兰花儿遍地开！

▲马兰革命烈士纪念碑 王建新 摄

后 记

▲马兰花

马兰是祖国的一方热土，也是参加中国核试验伟大事业的人们共有的精神家园。

中国的核试验事业无疑是辉煌的事业，参加祖国核试验是每一个有志者的荣幸和自

主播：张宁

微信扫码，
配套音频随身听

豪。罗布泊的每一次成功，都凝聚着千百万人的奋斗和创造。他们的成就震撼了世界，而他们自己却甘愿一直默默无闻；他们结出了丰硕的果实，却从不炫耀自己的花朵；他们参与了伟大的事业，却只觉得是做了自己该做的事情。一切仿佛都很自然，没有选择也无须选择。每个人都在这项伟大的事业中找到了人生坐标，让他们受益终身。

正是在一次次圆满成功的试验任务中，他们挥洒了心血和汗水，奉献了青春和年华，刻下了抹不去的美好记忆，有了割舍不断的特殊感情。马兰，融入了他们的血液，成了他们这辈子魂牵梦绕的第二故乡。不论身在何处，马兰永远在他们心中；不管走向何方，他们都是永不褪色的马兰人。

▲祖国在我心中 王泽勇 摄

马兰人的故事还有很多，
马兰人的故事还在延续。
这些动人的故事，
期待着我们继续去发现、去品读……